U0071147

教你讀
唐代傳奇
甘澤謠、河東記

劉瑛—著

目次

上篇　甘澤謠

下篇 河東記

上篇　甘澤謠

導讀

一、甘澤謠

在唐代傳奇集中，《甘澤謠》的篇幅可能最小。但文辭駘宕，設想奇特，允為佳製，和裴鉶的《傳奇》相較，並不遜色。

《新唐書》卷五十九〈藝文三〉列「袁郊《甘澤謠》一卷。宋志同。晁公武《郡齋讀書志》卷三下載：

甘澤謠一卷。

後註云：

右唐袁郊撰。載譎異事九章。咸通中久雨臥疾所著。故曰《甘澤謠》。

陳振孫《直齋書錄解題》卷十一〈小說類〉載：甘澤謠一卷。唐刑部郎中袁郊撰。所記凡九條。咸通戊子自序：「以其春雨，澤應，故有甘澤成謠之語。」遂以名其書。

咸通是唐懿宗的年號，共十四年。自西元八六〇至八七三年。咸通戊子，為咸通九年。也就是說：他的《甘澤謠》是咸通九年撰成的。

《四庫全書總目》云：

周亮工書影曰：「甘澤謠別自有書。今楊夢羽所傳，皆從他書抄撮而成，偽本也。或曰夢羽本未出時，已有抄《太平廣記》二十餘條為《甘澤謠》以行者，則夢羽本，又贋書中之重儓也。」今考書影，所謂夢羽，即儀之字。其所稱先出之一本，今未之見。錢希言獪園簿「明經為魚」一條，稱嘗見唐人小說，有甘澤謠載魚服記甚詳。今此本無魚服記。豈希言所見，乃先出一本耶？然據此本所載，與太平廣記引者，一一相符。則兩本皆出廣記，不得獨指儀本為重儓。又裒輯散佚，重編成帙，亦不得謂之　書也。

《太平廣記》中，列有採自《甘澤謠》之文共八則。商務《舊小說》卷八只列了三篇。世界本《唐人傳奇小說》五篇。茲列表於下：

原書九篇，第九篇尚未找到。

二、袁郊

袁郊的父親袁滋，兩唐書都有傳。新書說他是蔡州朗山人，舊書卻說他是陳郡汝南人，他在憲宗監國時任宰相。他的列傳中說到兒子袁郊的，只有一句話：「子郊翰林學士。」但新書〈宰相世系表〉中卻說他：「字文乾，官至虢州刺史。」《唐詩紀事》卷第六十五，首載袁郊。云：

> 郊、咸通時為祠部郎中，有《甘澤謠》九章。與溫庭筠酬唱。庭筠有〈開成五年抱疾不得預計偕〉詩寄郊云：

廣記篇名	卷次	世界	篇次	舊小說	篇次
一、嬾殘	九十五	嬾殘	3	嬾殘	2
二、魏先生	一百七十一			魏先生	1
三、紅線	一百九十五	紅線	4		
四、許雲封	二百四	許雲封	5		
五、韋騶	三百一十一				
六、素娥	三百六十一				
七、圓觀	三百八十七	圓觀	2	圓觀	3
八、陶峴	四百二十	陶峴	1		

「逸足皆先路、窮交獨向隅」是也。

又云：

郊、字之儀，滋之子也。昭宗時為翰林學士。

這便是我們所能找到袁郊的全部仕履。其他的書，如《登科記考》、《唐尚書省郎官柱石題名考》等，都沒有他的名字。

但雖僅寥寥不過八篇，卻篇篇可讀。可稱是傳奇中的佳作。尤其〈紅線〉一篇，流傳最廣。清樂鈞有詠紅線詩云：

田家外宅男，薛家內記室。鐵甲三千人，那敵青衣一。金合書生年，牀頭子夜失。強鄰魂膽消，首領向公乞，功成辭羅綺，奇氣洵無匹。洛妃去不還，千古懷煙質。

這種論讚，洵不可得也。

一、嬾殘

嬾殘者，唐天寶❶初衡嶽寺執役僧也。退食即收所餘而食，性嬾而食殘，故號懶殘也。晝專一寺之工。夜止群牛之下。曾無倦色，已二十年矣。

時鄴侯李泌❷寺中讀書。察嬾殘所為，曰：「非凡物也。」聽其中宵梵唱。響徹山林。李公情頗知音，能辨休戚。謂嬾殘經音，悽惋而後喜悅。必謫墮之人。時將去矣。候中夜，李公潛往謁焉。望席門通名而拜。

嬾殘大詬❸。仰空而唾曰：「是將賊我！」李公愈加敬謹，惟拜而已。嬾殘正撥牛糞火❹。出芋啗❺之。良久乃曰：「可以席地。」取所啗芋之半以授焉。李公捧承，盡食而謝。

（嬾殘）謂李公曰：「愼勿多言，領取十年宰相。」公又拜而退。

居一月，刺史祭嶽，修道甚嚴。忽中夜風雷，而一峯積下。其緣山磴道為大石所攔。乃以十牛縻絆以挽之。又以數百人鼓譟以推之，力竭而愈固，更無他途可以修事。

嬾殘曰：「不假人力，我試去之。」

衆皆大笑，以為狂人。

嬾殘曰：「何必見嗤❻？試可乃已。」寺僧笑而許之。遂履石而動，忽轉盤而下，聲若雷震。山路既開，衆僧皆羅拜。一郡皆呼至聖。刺史奉之如神。嬾殘悄然，乃懷去意。

寺外虎豹，忽爾成群。日有殺傷。無由禁止。

嬾殘曰：「授我箠❼。為爾盡驅除。」衆皆曰：「大石猶可推，虎豹當易制。」遂與之荊挺❽。皆躡而觀之。纔出門，見一虎銜之而去。嬾殘既去之後，虎豹亦絕蹤跡。後李公果十年為相也。

校志

一、本文據《太平廣記》卷九十五、世界《傳奇小說集》暨商務《舊小說》第七集《甘澤謠》校錄，予以分段，並加註標點符號。

註釋

❶天寶——唐玄宗的年號。共十五年。自西元七四一至七五五年。（最後一年與肅宗至德一年重疊。）

❷李泌——字長源，七歲知為文。開元十六年玄宗召能言釋、道、儒者，答難禁中，員俶九歲，竟與會。帝以為無童子能出其右。俶曰：「臣舅子李泌勝過。」召泌至，帝使宰臣張説試「方、圓、動、靜。」即答曰：「方若行義，圓若用智，動若騁材，靜若得意。」安祿山反，肅宗即位靈武，泌以布衣相從，即拜元帥廣平王行軍司馬。大閹李輔國疾之，因隱衡山，帝賜隱士服，給三品祿。代宗立，為宰相元載忌。載誅，又為常袞忌。德宗在奉天召赴行在。他出入宮禁，歷事四君。貞元三年，拜中書侍郎同中書門下平章事（相職），封鄴侯。五年去世，壽六十八歲。（新書卷一百三十九本傳）則李泌居衡嶽寺時，當是十八九歲的少年。

❸詬——大罵。

❹撥牛糞火——我國北方，冬天寒冷，牛糞晒乾，即可當柴燒。撥牛糞火，正是以牛糞生的火爐。

❺啗——吃。拿利益來誘人，也叫「啗」。

❻何必見嗤？——何必要譏笑。

❼箠——音錘。打馬的鞭子。

❽荊挺——應為「荊梃」之誤。梃、植物之幹曰梃。木杖叫梃。荊是有刺的植物。

二、魏先生

魏先生生於周，家於宋❶，儒書之外，詳究樂章。

隋初，出遊關右❷。值太常考樂❸，議者未平，聞先生來，競往謁問。先生乃取平陳樂器，與樂官林夔、蔡子元等，詳其律度，然後金石絲竹，咸得其所。內置清商署焉。太樂官斂帛二百段以酧之。先生不復入仕，遂歸梁宋，以琴酒為娛。

及隋末兵興，楊玄感戰敗，謀主李密❹亡命雁門，變姓名以教授，先生同其鄉曲，由是遂相往來，常論鍾律❺。李密頗能。先生因戲之曰：「觀吾子氣沮而目亂，心搖而語偷。氣沮者，新破敗。目亂者，無所主。心搖者神未定，語偷者思有謀於人。今方捕蒲山黨❻，得非長者乎？」

李公驚起，執先生手曰：「既能知我，豈不能教我歟？」

先生曰：「吾子無帝王規模，非將相才略，乃亂世之雄傑耳。」

李公曰：「為吾辨析行藏❼，亦當由此而退。」

先生曰：「夫為帝王者，寵羅天地，儀範古今。外則日用而不知，中則歲功而自立。堯詢四岳，舉鯀而殛羽山，此乃出於無私。漢任三傑，納良而圍垓下。亦出於無私也。故鳳有爪吻而不施，麟有蹄突而永廢者，能得其道，而永自集於時者。此帝王規模也。凡為將帥者，幕建太乙旗，驅無戰之師，伐有民之罪。乃彤戈既授，玉弩斯張，誠負羈之有言，邢李良之猶在。所以務其宴犒，致逸待勞。修其屯田，觀時而動。遂使風生虎嘯，不可抗其威。雲起龍驤，不可攘其勢。仲尼曰：『我戰則克。』孟軻云：『夫誰與敵。』此將帥之才也。至有衷其才智。動以機鈐，公於國則為帥臣。私於己則曰亂盜。私於己者，必掠取財色，屠其城池。朱亥為前席之賓，樊噲為升堂之客。朝聞夕死，公孫終敗於邑中。寧我負人，曹操豈兼於天下？是忘輦千金之貺，陳一飯之恩。有感謝之人，無懷歸之衆。且會史之誡曰：『度德』連山之文曰：『待時』尚欲謀於人，不能惠於己。天人厭亂，歷後有歸。時雨降而妖祲除，太陽昇而層冰釋。引繩縛虎，難希飛兔之門。赴水持瓶，豈是安生之地？吾嘗望氣，汾晉有聖人生，能注事之，富貴可取。」

李公拂衣而言曰：「隋氏以弒殺取天下，吾家以勳德居人表[8]。振臂一呼，衆必嚮應。提兵時伐，何注不下？道行可以取四海，不行亦足以王一方[9]。委質於時，誠所未忍。汝真豎儒，不足以計事。」

遂絕魏生。因寓懷賦詩，為鄉吏發覺。李公脫身西走，所在收兵。北依黎陽，西南據洛口，連營百萬，與王充爭衡，首尾三年，終見敗覆。追思魏生之言，即日遂歸於唐。乃授司農之官，後復桃林之叛⑩。

魏生得道之士，不志其名，蓋文貞之宗親也⑪。

校志

一、本文據《太平廣記》卷一百七十一暨商務《舊小說》第八集《甘澤謠》校錄，予以分段，並加註標點符號。

二、第三段，「常論鍾律」，我們認為「鐘律」較切當，因之改為「鐘律」。

三、稱「生」而不名，只在文後說魏先生是魏文貞公（魏徵）的宗人。

註釋

❶生於周，家於宋——北周、宇文周之時。魏先生於北周之時，家在河南商丘。

❷關右——謂涵谷關以西之地。

❸太常考樂——唐代中央政府，有三省、一台、九寺、四監、十六衛。九寺之首即太常寺，掌國邦禮樂郊廟社稷之寺。

❹楊玄感。李密——隋末天下大亂，群雄起兵。楊玄感起兵黎陽，迎李密為助。玄感敗後，密先亡命群盜間，旋依韋城翟讓：翟命李密別統所部，號蒲山公。其後為隋軍所敗。密逃至淮陽，變姓名劉智遠，教授學生自給。淮陽、今河南淮陽。魏先生可能是在淮陽和李密往來。

❺鐘律——鐘、樂器。律、古代正樂音的器具。明代的倪復著有《鐘律通改》二十七篇。歷考古今鐘律制度。

❻蒲山黨——李密率眾掠滎陽諸地，號蒲山公。其眾曰蒲山黨。

❼為吾辨析行藏——請為我分析一下，我應如何行止。

❽隋氏以弒殺取天下，吾家以動德居人表——楊監欺寡婦幼兒而取得天下，煬帝 父自立。李密的曾祖李弼，北魏司徒，入北周為太師，魏國公。祖父李曜邢國公。父李寬、隋上柱國。蒲山郡公。都建有功勳。故李密說「以動德居人表」。

❾道行可以取四海，不行亦足以王一方——若道可行，便可取得四海之內的土地，統一華夏。若不，也足可為一方的王侯。

⑩後復桃林之叛——李密降唐之後，拜光祿卿，封邢國公。高祖妻之以表妹獨孤氏。有一天，唐高祖詔密赴黎陽招撫其舊部，並派左武衛將軍王伯當為副將。他們到了稠桑驛，有詔召密還朝。李密害怕，乃謀叛。他們選了數十個驍勇之士，穿女人衣裳，戴冪䍦，藏刀裙下，詐稱婢妾，入桃林傳舍，隨即變服出佔據了城，結果被熊州副將盛彥師牽步騎擄獲斬首。年三十七歲！

⑪魏生文貞之宗親也——文貞、魏徵薨，帝臨哭。贈司空、相州都督，謚曰文貞。蓋魏徵之後。

我們試將魏先生對李密的那番話意譯於後：

要作帝王的人，必須經天緯地，博古通今。對外，所作所為都合於道而不自知。對內，一歲的努力收獲即能獨立。（見《易經．繫詞》）堯帝徵詢四岳之長的意見，將不能達成治水的鯀在羽山予以誅殺。這都是出於至公無私。漢王任用韓信、蕭何、陳平三傑，終於把項羽打敗於垓下。也都是出於無私。是故：鳳有利爪和喙而從不使用，麒麟有角有蹄而永遠廢棄了。能夠把道用於天下（《書：康王之誥》：「皇王用訓厥道，付畀四方。」）

三、紅線

紅線，潞州❶節度使薛嵩❷青衣，善彈阮咸❸，又通經史。嵩遣掌牋表❹。號曰內記室❺。時軍中大宴，紅線謂嵩曰：「羯鼓❻之音調頗悲，其擊者必有事也。」嵩亦明曉音律，曰：「如汝所言。」乃召而問之，云：「某妻昨夜亡，不敢乞假。」嵩遽遣放歸。

是時至德❼之後，兩河未寧❽，初置昭義軍❾，以釜陽為鎮❿，命嵩固守，控壓山東。殺傷之餘，軍府草創。朝廷復遣嵩女嫁魏博⓫節度使田承嗣⓬男，男娶滑州⓭節度使令狐璋⓮女。三鎮互為姻婭⓯。人使日浹往來⓰。

而田承嗣常患熱毒風，遇夏增劇。每曰：「我若移鎮山東，納其涼冷，可以緩數年之命⓱。」乃募軍中武勇十倍者得三千人，號外宅男，而厚卹養之。常令三百人夜直⓲州宅，卜選良日，將併潞州⓳。

嵩聞之，日夜憂悶，咄咄自語⓴，計無所出。時夜漏將傳㉑，轅門已閉㉒。杖策庭除間㉓，帷紅線從焉。

紅線曰：「主自一月不遑寢食[24]。意有所屬，豈非鄰境乎？」

嵩曰：「事繫安危，非汝能料。」

紅線曰：「某誠賤品，亦能解主憂者。」

嵩聞其語異，乃曰：「我不知汝是異人，我暗昧也。」遂具告其事曰：「我承祖父[25]遺業，受國家重恩。一日失其疆土，則數百年勳伐盡矣！」

紅線曰：「此易與耳。不足勞主憂焉。暫放某一到魏城，觀其形勢，覘其有無[26]，今一更首途[27]，五更可以覆命。請先定一走馬使[28]，具寒暄書[29]。其他則待某卻迴也。」

嵩曰：「但事或不濟[30]，反速其禍，又如之何？」

紅線曰：「某之此行，無不濟也。」乃入闈房，飾其行具。梳烏蠻髻[31]，貫金雀釵[32]，衣紫繡短袍，繫青絲絇履[33]，胸前佩龍文匕首，額上書太乙神名[34]。再拜而去，倏忽不見。

嵩乃返身閉戶，背燭危坐。時常飲酒，不過數合[35]。是夕舉觴十餘不醉。忽聞曉角吟風，一葉墜落[36]。驚而起問，即紅線迴矣。

嵩喜而慰勞，問：「事諧否？」

紅線曰：「不敢辱命。」

又問曰：「無殺傷否？」

曰：「不至是。但取牀頭金合為信耳。」

紅線曰：「某子夜前三刻，即到魏城。凡歷數門，遂及寢所。聞外宅兒止於房廊，睡聲雷動。見中軍卒步於庭下，傳叫風生。某乃發其左扉，抵其寢帳。田親家翁止於帳內，鼓趺酣眠[37]。頭枕文犀，髻包黃縠[38]。枕前露七星劍。劍前仰開一金合。合內書生身甲子[39]，與北斗神名[40]。復以名香美珠鎮其上。然則揚威玉帳[41]，坦期心豁於生前[42]。熟寢蘭堂[43]，不覺命懸於手下。寧勞擒縱，只益傷嗟。時則蠟炬烟微，爐香燼委。侍人四布，兵仗交羅[44]。或觸屏風，鼾而嚲者[45]。或手持巾拂，寢而伸者。某乃拔其簪珥，縻其襦裳[46]。如病如醒，皆不能寤[47]。遂持金合以歸。出魏城西門，將行二百里。見銅臺高揭[48]，漳水東注[49]，晨雞動野，斜月在林。忿往喜還，頓忘於行役[50]。感知酬德，聊副於心期[51]。所以夜漏三時，往返七百里。入危邦，經五六城。冀減主憂，敢言其苦[52]！」

嵩乃發使入魏，遺田承嗣書曰：「昨夜有客從魏中來，云：自元帥頭邊獲一金合[53]，不敢留駐，謹卻封納[54]。」專使星馳，夜半方到[55]。見搜捕金合，一軍憂疑。使者以馬箠撾門[56]，非時請見。承嗣遽出。使者乃以金合授之。捧承之時，驚怛絕倒[57]。遂留使者止於宅中。狎以宴私，多其錫賚[58]。

明日，專遣使齎[59]帛三萬疋，名馬二百匹，雜珍異等，以獻於嵩曰：「某之首領，繫在恩私[60]。便宜知過自新，不復更貽伊戚[61]。專膺指使，敢議姻親[62]。注當捧轂後車[63]，來則揮鞭前馬[64]。所置紀綱外宅兒者，本防他盜，亦非異圖。今並脫其甲裳，放歸田畝矣。」由是一兩月內，河北河南，信使交至。

忽一日，紅線辭去。

嵩曰：「汝生我家，今將安往？又方賴汝，豈可議行？」

紅線曰：「某前世本男子，歷江湖間，讀神農藥書[65]，而救人災患。時里有婦孕，忽患蠱癥[66]，某以芫花酒[67]下之。婦人與腹中二子俱斃。是某一舉殺其三人。陰司見誅，陷為女子，使身居賤隸。氣稟賊星[68]，所幸生於公家，今十九年矣。身厭羅綺，口窮甘鮮。[69]寵待有加，榮亦甚矣。況國家建極[70]，慶且無疆[71]。此輩背違天理，理當盡弭[72]。昨至魏邦，以是報恩。今兩地保其城池，萬人全其性命[73]。使亂臣知懼，烈士安謀[74]。在某一婦人，功亦不小。固可贖其前罪，還其本身。便當隱跡塵中，棲心物外。澄清一氣，生死長存[75]。」

嵩曰：「不然。遺爾千金，為居山之所給。」

紅線曰：「事關來世，安可預謀？」

嵩知不可留，乃廣為餞別。悉集賓僚[76]，夜宴中堂。嵩以歌送紅線酒。請座客冷朝陽[77]為詞。詞曰：

採菱歌怨木蘭舟，送客魂消百尺樓。
恰似洛妃乘霧去，碧天無際水空流。

歌竟，嵩不勝其悲。紅線拜且泣。因偽醉離席78，遂亡所在。

校志

一、本文根據商務《舊小說》第三集〈紅線傳〉與世界書局《唐人傳奇小說》校錄，分段、並加注標點符號。其文不通順之處，則根據《太平廣記》卷一九五〈紅線〉略作修正。

二、《太平廣記》卷一九五題名〈紅線〉，後注「出《甘澤謠》。」《甘澤謠》著者為袁郊。《舊小說》則以著者為「楊巨源」。題下還有「又見甘澤謠及劍俠傳」字樣。究竟誰是作者我們認為《太平廣記》所註本文出自《甘澤謠》則著者當然是袁郊。

三、《新唐書》卷一百十一〈薛嵩傳〉：嵩原為安祿山手下。其族子薛擇為相州刺史。薛雄為衛州刺史。田承嗣誘雄亂，雄不從，承嗣遣客刺殺之。卷二百一十〈嗣傳〉中說：「承嗣……脅雄亂。不從，屠其家。」

註釋

❶潞州——約當今山西榆社縣附近。領十縣，督四州。屬大都督府。

❷薛嵩——唐初大將薛仁貴的孫子。節度使。使相。最後封平陽郡王。

❸阮咸——樂器名。晉阮咸所造。故名阮咸。似琵琶而呈圓形。銅製。唐武後時，蜀人蒯朗在古墓中發現一具。無人能識。元行冲說：「這是阮咸所造的樂器。」命匠人改以木造。因為形似月，聲似琴，因名之曰月琴。又稱阮。

❹掌牒表——掌管書信奏章。

❺內記室——記室、秘書。內記室，機要秘書。

❻羯鼓——羯族所製的鼓。打奏時横放身前，手擊兩端。故又稱兩杖鼓。聲音很大。唐詩：「羯鼓聲高眾樂停。」

❼至德——唐肅宗年號。只兩年。西元七五六至七五七年。

❽兩河未寧——兩河、黃河南北之地。至德二年，郭子儀收復洛陽。而黃河南北之地尚不平靜。

❾初置昭義軍——軍、行政區之名。長官為節度使。

❿以釜陽為鎮——昭義軍以釜陽為節度使公署所在地。

⓫魏博——魏博節度使，轄魏、博、貝、衛、澶、相等六州。

⓬田承嗣——盧龍人。平盧節度使，加同中書門下平章事。即使相。封雁門郡王。

⓭滑州——約當今河南延津、滑縣等地。

⓮令狐彰——彰字伯陽，京兆富平人。史稱其節勇有加，猜阻忮忍。忤者輒死。封霍國公，檢校尚書右僕射。歿贈太傅。

⓯姻婭——左傳昭二十五年，注：「婿父曰姻，兩壻相謂曰亞。」亦作姻婭。

⓰日浹往來——時常往來也。從甲日到癸日，十天為一周，叫浹日。

⓱可緩數年之命——可添數年的壽命。

⓲直——直、值。值夜。值班。

⓳將併潞州——將移鎮潞州之意。要把潞州奪過來。

⓴咄咄自語——咄咄、本表驚歎之聲。此處有「喃喃自語」的意思。表示憂心。

㉑夜漏將傳——將開始傳夜更的時候。

㉒轅門已閉——《周禮天官》掌舍：「設車宮轅門。」注：古代帝王露營之時，為了安全，將兩輛車子的轅相對置放，用作門，故稱轅門。將軍坐帳，軍中多以兩車車轅相對放置為轅門。故轅多稱為將軍的衙門。衍伸到官署外門也叫轅門。

㉓杖策庭除間——庭除、庭階。杖策庭除間：在庭院中，手握枴杖而徘徊。

㉔不遑寢食——不遑、不暇之意。《詩・小弁》：「心之憂矣，不遑假寐。」不遑寢食，「寢食不安」的意思。

㉕我承祖父遺業——薛嵩是薛仁貴的孫子。仁貴在高宗時屢立戰功，拜本衛大將軍，封平陽郡公，檢校安東都護。卒年七十，贈左驍衛大將軍、幽州都督。
㉖觀其形勢，覘其有無——看看當地的情勢，有沒有整軍要攻打我們的動向。覘：窺看。
㉗一更首塗——一更時分啟程。首塗：首途。始登程。
㉘走馬使——騎馬的使者。
㉙具寒暄書——寫一封問候的信。
㉚事或不濟——事若不成。濟：渡河成功。
㉛梳烏蠻髻——烏蠻：古川、滇一代的少數民族。梳烏蠻人的頭。
㉜貫金雀釵——用金雀形髮釵貫插髮髻中。
㉝繫青絲絇履——絇：鞋頭的裝飾。履：鞋。
㉞額上書太乙神名——古來祭祀三神，稱三一，即天一、地一、太一。太一，又稱太乙。
㉟合——音葛，十合為一升。
㊱曉角吟風，一葉墜落——形容紅線由空而降，振動空氣，把屋角發出極細微的聲音。又如樹葉掉落地上。形容紅線的「輕功」極佳。
㊲鼓趺酣眠——彎腿翹腳，睡得極熟。
㊳頭枕文犀，髻包黃縠——頭枕著《後漢書．馬援傳》：「皆明珠、文犀。」注云：「犀之有文彩也。」縠：紡絲而織之也。輕者為紗。縐者為縠。縠、似羅而疏，似紗而密。
㊴合內書生身甲子——盒中寫著生辰八字。
㊵北斗神名——北斗神、道教認為是掌管人間生死之神。

41 揚威玉帳——玉帳、稱將軍的帳幕。指田承嗣坐帳的威風儀態。

42 坦期心豁於生前——只求生前能如心所願。

43 蘭堂熟寢——蘭堂原指香閨、內室。此指寢室。

44 兵仗交羅——兵器陳列處處。

45 酣而鼾者——垂頭打呼。鼾：垂下。音哆。

46 縻其襦裳——把他們的上衣和下裙都結在一起。

47 如病如醒，皆不能寐——就這樣，他們還是像病了、像大醉了，卻醒不過來。

48 銅臺高揭——銅雀臺巍然矗立。

49 漳水——河在河北河南之間，源出山西東南。又稱漳河。唐詩：「昳入漳河一道流。」東注、向東流去。

50 忿往喜還，頓忘於行役——一肚子氣前去，卻歡歡喜喜的回來。把行役之苦都忘記了。

51 感知酬德，聊副於心期——感知遇之恩而報答厚德，總算完成了我的心願。

52 敢言其苦——為了酬恩報答，哪兒還敢說辛苦呢！

53 自元帥頭邊獲一金合——舊小說原作「自元帥牀頭獲一金合。」意思雖差不多，但「從頭邊」要較震撼得多！

54 謹卻封納——恭恭謹謹的封裝起來退還給你。

55 夜半方到——馬走了一天和大半夜才到達。

56 以馬箠撾門——因為急迫，沒下馬便用馬鞭敲門。撾：打。擊。《廣記》作「以馬撾叩門。」馬撾：馬鞭。

57 驚怛絕倒——怛、也是驚。驚怛絕倒：嚇的連站都站不穩。

58 多其錫賚——多所賞賜。錫、賜與。賚、賜也。

59齎帛繒三萬匹——齎、音咨。付也。與人物曰齎。
60某之首領，繫在恩私——我的首領（頭），全靠你的恩惠而存在。
61不復更貽伊戚——不再自找麻煩。貽、遺留。
62專膺指使，敢議姻親——意思是「唯命是聽，不敢以姻親自居。」
63往當奉轂後車——出行之時，願追行在後。
64來則揮鞭前馬——回衙之時，願揮馬為前驅。
65讀神農藥書——神農皇帝嚐百草，乃是中醫的始祖。史稱神農生於姜水，以姜為姓，始製耒耜，教民務農。故號神農氏。又稱炎帝。
66忽患蠱癥——腹內有寄生蟲之病。
67芫花酒——芫花、瑞香科落葉灌木。一名毒魚。煮之投入水中，魚即死而浮出。
68氣稟賊星——生來有盜賊的性格。
69身厭羅綺，口窮甘鮮——厭、饜也。一身穿厭（足）了綺羅綢緞，一嘴吃盡了甘美的食物。
70國家建極——極、君位曰極。國家有皇帝了。
71慶且無疆——著者的意思是說：國家已有好皇帝了，流慶無疆。為什麼有些節度使還要像安、史一樣，胡作非為呢？
72此輩背違天理，理當盡弭——弭、止也。這些人胡作非為，違背天理，理當盡予制止。
73今兩地保其城池，萬人全其性命——現在使兩地不用打仗了，人民可以安居樂業了。士兵也不必上戰場廝殺，上萬人的性命都保全了。

74使亂臣知懼，列士安謀——（我這麼一動手），使亂臣賊子心生恐懼，不敢亂來了。武士們也可以安分守己，不生異志了。

75隱跡塵中，棲心物外。澄清一氣，生死長存——隱跡塵世之中，摒除凡慮，培養氣性，與生長存。

76悉集賓僚——集合所有的賓客僚屬。

77冷朝陽——金陵人，大曆四年進士及第。工詩。

78偽醉離席——裝醉離席而去。

四、許雲封

許雲封，樂工之笛者❶。

貞元初❷，韋應物自蘭臺郎，出為和州牧❸，非所宜願，頗不得志。輕舟東下，夜泊靈壁驛。時雲天初瑩，秋露凝冷，舟中吟諷，將以屬詞❹，忽聞雲封笛聲，嗟歎良久；韋公洞曉音律，謂其笛聲酷似天寶中梨園法曲李謩❺所吹者。遂召雲封問之，乃是李謩外孫也。雲封曰：「某任城舊士，多年不歸。天寶改元❻，初生一月，時東封迴駕，次至任城❼。外祖聞某初生，相見甚喜。乃抱詣李白學士乞撰令名。李公方坐旗亭❽，高聲命酒。當壚賀蘭氏，年且九十餘❾，邀李置飲於樓上。外祖送酒。李公握管，醉書某胸前，曰：『樹下彼何人？不語真吾好。語若及日中，煙霏謝成寶。』外祖辭曰：『本於李氏乞名，今不解所書之語。』李公曰：『此即名在其間也。樹下人是木子；木子，李字也。不語是莫言；莫言，謩也。好、是女子；女子，外孫也。語及日中、是言午；言午，是許也。煙霏謝陳寶，是雲出封❿中，乃是雲封也。即李謩外孫許雲封也。』後遂名之。某纔始十年，身便孤立。因乘義馬⓫西入長安。外祖憫以遠來，令齒諸舅學業⑫。謂某性知音律，教以橫笛。每一曲成，必撫背賞歎。值梨園法部置小部音聲，凡三十餘人，皆十五以下。天寶十四載六月日，時驪山駐蹕⑬，是貴妃誕辰。上命小部音聲樂長生殿，仍奏新曲，未有名。會南海進荔枝，因以曲名荔子香，左右歡呼，聲動山谷。其年安祿山叛，車駕還京。自後俱逢離亂，漂流南海近四十載⑭。今者近訪諸親，將抵龍丘⑮。」

韋公曰：「吾有乳母之子，其名千金。嘗於天寶中受笛李供奉，藝成身死，每所悲嗟。舊吹之笛，即李君所賜也。」遂囊出舊笛。

雲封跪對悲切，撫而觀之，曰：「信是佳笛，但非外祖所吹者。」乃為韋公曰：「竹生雲夢⑯之南，鑒在柯亭之下。以今年七月望前生，明年七月望前伐。過期不伐，則其音窒。未期而伐，則其音浮。浮者，外澤中乾；乾者、受氣不全。氣不全，則其竹夭。凡發揚一聲，出入九息。古之至音者，一疊十二節，一節十二敲，今之名樂也。至如落梅流韻，感金谷之遊人；折柳傳情，悲玉關之戍客⑰。誠有清響，且異至音，無以降神而祈福也。其已夭之竹，遇至音必破。所以知非外祖所吹者。」韋公曰：「欲旌汝鑒⑱，笛破無傷。」雲封乃捧笛吹《六州遍》一疊，未盡，騞然中裂⑲。韋公驚歎久之。遂禮雲封於曲部。

校志

一、本文據《太平廣記》卷第三百四與世界《唐人傳奇小說》校錄，予以分段，並加註標點符號。

註釋

❶樂工之笛者——樂工中吹笛手。

❷貞元——唐德宗年號。共二十年。自西元七八五至八〇四年。

❸韋應物自蘭臺郎，出為和州牧——唐代官員，如劉禹錫，喜在朝中任事，不願作地方官。韋應物兩唐書均無傳。和州屬安徽省。州牧，即刺史。韋最後一任應是蘇州。故稱韋蘇州。

❹雲天初瑩，秋露凝冷，舟中吟諷，將以屬詞——秋天的天堂，因為秋高氣爽，天都發出王一般的光彩。露開始凝結為霜而變冷了。舟中飲湮賦詩之際……忽聞笛聲。

❺天寶中梨園法曲李謩——玄宗天寶年間，梨園極盛。笛手李謩，最為有名。

❻天寶改元——天寶末，安史亂起，玄宗奔蜀，肅宗即位靈武，改元至德。至德元年，西元七五六年。

❼任城——今河北省任縣。

❽旗亭——市樓。

❾當壚賀蘭氏，年且九十餘——賀蘭、複姓。鮮卑族之居賀蘭山者，當壚、在壚邊賣酒者。漢詩〈羽林郎〉：「胡姬年十五，春日獨當壚。」

❿封——峯。雲出峯中，雲出山峯之中也。

⓫義馬——義學、免費的學校。義莊、免費給家人食宿之處。義馬、似係免費可騎的馬。

⓬齒諸舅學業——齒、在此為動詞。列也。列於諸舅之間。學音樂。

⓭時驪山駐蹕——天寶十四年，西元七五五年。駐蹕驪山：皇帝歇駕於驪山也。

⓮漂流南海近四十載——在南海郡、廣東番禺、南海等地。

⓯將抵龍丘——韋應物在靈壁驛，地處安徽。龍丘——龍丘不知何處，應在和縣附近。

⓰雲夢——雲夢澤、在今湖北孝感縣西北。柯亭，不知何地。鑒、鑑別。

⓱落梅流韻，感金谷之遊人；折柳傳情，悲玉關之戍客——〈梅花落〉橫笛曲。折柳、也是曲名。唐詩：「此夜曲中聞折柳，何人不起故園情。」

⓲欲旌汝鑒——要證實你判斷的能力。鑑賞的能力。

⓳騞然中裂——騞然、刀解物聲。騞、ㄏㄨㄛˋ。

五、韋騶

韋騶者，明五音，善長嘯，自稱逸塵公子。舉進士，一不第便已。曰：「男子四方之志，豈屈節於風塵哉？」

遊岳陽，岳陽太守以親知見辟❶，數月謝病去。

騶親弟騋，舟行溺於洞庭湖。騶乃水濱慟哭，移舟湖神廟下，欲焚其廟。曰：「千金賈胡❷，安穩獲濟。吾弟窮悴，乃罹此殃，焉用爾廟為？」

忽於舟中寐，夢神人盛服來謁。（神）謂騶曰：「幽冥之途，無枉殺者。明公先君，昔為城守，方聞讜正，鬼神避之。撤淫祠甚多，不當廢者二。二神上訴，帝初不許，固請十餘年，乃許與後嗣一人。謝二廢廟之主，然亦須退不能知其道，進無以補於時者，故賢弟當之耳。儻求喪不獲，即我之過，當令水工送屍湖上。」

騶驚悟，其事遽止。遂命漁舟施釣緡❸，果獲弟之屍於岸。

是夕，又夢神謝曰：「鬼神不畏忿怒，而畏果敢，以其誠也。君今為人果敢，（如是吾所懷畏。）昔洞庭張樂，是吾所司，願以至音酬君厚惠。所冀觀咸池❹之節奏，釋浮世之憂煩也。」

忽覩金石羽籥，鏗鏘振作❺，駭甚歎異。以為非據❻，曲終乃寤。

校志

一、本文據《廣記》卷三百一十一校錄，予以分段，並加註標點符號。

二、第八段「為人果敢下」，明鈔本尚有「如是吾所懷畏」六字。

註釋

❶見辟——給官做。辟用。

❷千金賈胡——身價千金的胡人商賈。

❸獲濟——濟、渡河。安穩渡過。

❸施釣緡——釣線。

❹咸池——樂名。

❺金石羽籥，鏗鏘振作——金石絲竹的樂器，鏗鏘發聲。

❻以為非據——此語費解。

六、素娥

素娥者，武三思之妓人❶也。

三思初得喬氏窈娘，能歌舞。三思曉知音律，以窈娘歌舞，天下至藝也。未幾，沉於洛水，遂族喬氏之家❷。左右有舉素娥者，曰：「相州鳳陽門宋媪女❸，善彈五弦，世之殊色。」三思乃以帛三百段往聘焉。

素娥既至，三思大悅，遂盛宴以出素娥，公卿大夫畢集，帷納言狄仁傑❹稱疾不來。三思怒，於座中有言。

宴罷。有告仁傑者。

明日，（梁公）謁謝三思曰：「某昨日宿疾暴作，不果應召。終不覩麗人，亦分也。他後或有良宴，敢不先期到門？」

素娥聞之，謂三思曰：「梁公彊毅之士，非款狎之人❺，何必固抑其性？再宴不可無，請不召梁公也❻。」

三思曰：「儻阻我宴，必族其家。」

後數日，復宴。客未來，梁公果先至。三思特延梁公坐於內寢。徐徐飲酒，待諸賓客。請先出素娥，略觀其藝。遂停杯，設榻召之❼。

有頃，蒼頭出曰：「素娥藏匿，不知所在。」

三思自入召之，皆不見。

忽於堂隩隙中❽聞蘭麝芬馥，乃附耳而聽，即素娥語音也。細於屬絲，纔能認辨。曰：「請公不召梁公，今固召之，不復生也。」

三思問其由。

曰：「某非他怪，乃花月之妖。上帝遣來，亦以多言蕩公之心，將興李氏。今梁公乃時之正人，某固不敢見。某嘗為僕妾，敢無情❾？願公勉事梁公，勿萌他志。不然，武氏無遺種矣。」

言訖更問，亦不應也。

三思出，見仁傑。稱素娥暴疾，未可出。敬事之禮，仁傑莫知其由。

明日，三思密奏其事。

則天歎曰：「天之所授，不可廢也。」

校志

一、本文據《太平廣記》卷三百六十一校錄，予以分段，並加註標點符號。

註釋

❶武三思之妓人——三思為則天皇後的娘家姪子，其人無惡不作，既和韋后私通，又與上官昭容亂。他說：「我不知什麼樣的人是善人。只有支持我的都是吧！」妓人——唐時有權有財的人都蓄妓人。

❷遂族喬氏之家——把喬氏一家人都殺了。族誅——只因為自喬家得來的姬人死了。

❸宋媪——今日所謂的「宋媽媽」。媪、ㄠˇ。年老婦人。

❹納言狄仁傑——納言、門下省長官。即侍中。官階正三品。狄仁傑，武後時任宰相。封梁國公。

❺梁公彊毅之士，非款狎之人——素娥知道梁公是正直堅毅之人，不是親狎小人。

❻再宴不可無，請不召梁公也——再次邀宴是一定要有的（不可無、雙否定。）但不要邀請狄某人。

❼設榻召之——設座位召素娥來。

❽堂隩隙中——堂隩、堂的深邃之處。隙、縫。在廳堂角角的一處小縫中。

❾某嘗為僕妾，敢無情——我曾是您的妾侍，可不能無情。

七、圓觀

圓觀者，大曆❶末雒陽惠林寺僧。能事田園❷，富有粟帛❸，梵學❹之外，音律貫通，時人以富僧為名，而莫知所自也。

李諫議源❺，公卿之子。當天寶之際❻，以遊宴飲酒為務，父 居守，陷於賊中。乃脫粟布衣，止於惠林寺❼，悉將家業為寺公財。寺人日給一器食、一杯飲而已。不置僕使，絕其知聞，唯與圓觀為忘言交❽，促膝靜話，自旦及昏。時人以清濁不倫，頗招譏誚，如此三十年。二公一旦約遊蜀州，抵青城峨嵋，同訪道求藥❾。圓觀欲遊長安出斜谷。李公欲上荊州三峽。爭此兩途，半年未決。

李公曰：「君已絕世事，豈取途兩京？」

圓觀曰：「行固不由人，請出三峽而去。」遂自荊江上峽。行次南泊，維舟山下❿，見婦人數人，絛達錦鐺，負甖而汲⓫。圓觀望見泣下曰：「某不欲至此，恐見其婦人也。」

李公驚問曰：「自上峽來，此徒不少，何獨泣此數人？」

圓觀曰：「其中孕婦姓王者，是某託身之所，逾三載尚未娩懷⑫。以某未來之故也。今既見矣，即命有所歸。釋氏所謂循環也。」

謂公曰：「請假以符咒⑬，遣某速生。少駐行舟，葬某山下。浴兒三日，亦訪臨。若相顧一笑，即其認公也。更後十二年中秋，月夜杭州天竺寺外，與公相見之期也。」

李公遂悔此行，為之一慟。

（李公）遂召婦人，告以方書⑭。是夕，圓觀亡而孕婦產矣。

李公三日往觀新兒。繈褓就明，果致一笑⑮。李公泣下，具告於王。王乃多出家財，厚葬圓觀。明日，李公回棹言歸惠林。詢問觀家，方知已有理命⑯。

後十二年秋八月，直詣餘杭，赴其所約，時天竺寺山雨初晴，月色滿川，無處尋訪，忽聞葛洪川畔，有牧豎⑰歌竹枝詞者⑱，乘牛叱角、雙髻短衣，俄至寺前，乃觀也。李公就謁曰：「觀公健否？」

卻問李公曰：「真信士矣！與公殊途，慎勿相近。俗緣未盡，但願勤修不墮，即遂相見。」

李公以無由敘話，望之潸然⑲。圓觀又唱竹枝，步步前去。山長水遠，尚聞歌聲，詞切韻高，莫知所謂。

初至寺前，歌曰：

三生石上舊精魂，賞月吟風不要論。慚愧情人遠相訪，此身雖異性常存。

又歌曰：

身前身後事茫茫，欲話因緣恐斷腸。吳越溪山尋已遍，卻迴煙棹上瞿塘。

後三年，李公拜諫議大夫，一年亡。

校志

一、本文依據《太平廣記》卷第三百八十七、商務《舊小說》第八集《甘澤謠》暨世界《唐人傳奇小說》校錄，予以分段，並加註標點符號。

二、本文後「身前身後事茫茫」一詩，宋洪邁收入其《唐人萬首絕句》中，題名〈別李源〉。作者具名「天竺牧童」。小時讀此詩，頗為震動。原來此詩出自《甘澤謠》。

三、第二段：「脫粟布衣」，或謂有誤。我們認為是：「施捨谷米，布施衣服」之意。

註釋

❶大曆——唐代宗年號。共十四年。自西元七六四至七七七年。

❷能事田園——能夠種菜種稻。

❸富有粟帛——很有糧食和布帛。

❹梵學——佛學。

❺李諫議源——唐門下省設有諫議大夫四人。官階正五品上。掌侍從贊相，規諫諷諭。

❻當天寶之際——唐玄宗天寶共十四年，自西元七四二至七五五。

❼脫粟布衣，止於惠林寺——把衣、米都布施 去，然後住到惠林寺中。(因為，他已把家業捐給了和尚廟作廟產。

❽與圓觀為忘言交——只同圓觀來往，一老一少，為忘年交。應該是「忘年交」之誤。

❾約遊蜀州，抵青城峨嵋，同訪道求藥——青城山、峨嵋山，都在蜀州。即四川、訪寺廟採藥。

❿行次南泊，維舟山下——到了南泊地方，把船繫在山下。

⓫俸達錦鐺，負甖而汲——此處文字難解，有誤。大意謂背負水桶之類器具取水。

⓬尚未娩懷——尚未分娩，還沒生下來。

⓭請假以符咒——請將符咒交給她。

⓮方書——醫生處方的書。此處是指：告訴婦人催生的藥方。

⓯繈褓就明，果致一笑——嬰兒裡在襁褓之中，就光亮處和李公相見，果然一笑。

⓰詢問觀家，方知已有理命——詢問圓觀家，才知道已有新的任命。

⓱牧豎——牧童。

⓲竹枝詞——竹枝、樂府名。

⓳潸然——淚眼汪汪的樣子。

八、陶峴

陶峴者，彭澤之子孫也❶。開元❷中，家於昆山❸，富有田業，擇家人不欺而了事者，悉付之。身則泛然江湖，遍遊煙水❹，往往數歲不歸，見其子孫成人，初不辨其名字也。峴之文學，可以經濟，自謂疏脫，不謀宦遊❺。有生之初，通於八音，命陶人為甓，潛記歲時，敲取其聲，不失其驗。撰《樂録》八章，以定八音之得失。

（峴）自製三舟，備極堅巧：一舟自載；一舟致賓；一舟貯饌飲。客有前進士孟彥深，進士孟雲卿，布衣焦遂❻，各置僕妾，共載。而峴有女樂一部，奏清商曲。逢奇遇興，則窮其景物，興盡而行。峴且聞名朝廷。又值天下無事，經過郡邑，無不招延，峴拒之曰：「某麋鹿閑人，非王公上客。」亦有未招而自詣者。係方伯之為人，江山之可駐耳❼，吳越之士，號為水仙。

曾有親戚，為南海守❽，因訪韶石❾，遂往省焉。郡守嘉其遠來，贈錢百萬，遺古劍，長二尺許，玉環徑四寸，海舶崑崙奴，名摩訶，善游水，而勇健。遂悉以所得歸，曰：「吾家之三寶也。」及迴棹，下白芷，入湘江。每遇水色可愛，則遺環劍，令摩訶下取，以為戲笑也。如此數歲。因渡巢湖，亦投環劍而令取之，摩訶纔入，獲環劍，跳波而出焉。曰：「為毒蛇所嚙⑩。」遽刃去一指，乃能得免。

焦遂曰：「摩訶所傷，得非陰靈為怒乎？」犀燭下照，果為所讎⑪，蓋水府不欲人窺也。峴曰：「敬奉諭矣，然某嘗樂謝康樂之為人，云終當樂死山水間。但殉所好，莫知其他⑫。且棲於逆旅之中，載於大塊之上，居布素之賤，擅貴遊之懽，浪跡怡情，垂三十年，固其分也。不得升玉墀，見天子，施功惠養，得志平生，亦其分也。」乃命移舟曰：「要須一到襄陽山，復老吳郡也。」

行次西塞山。泊舟吉祥佛舍。見江水黑而不流，曰：「此下必有怪物。」乃投環劍，命摩訶汨汨沒波際，久而方出，氣力危絕，殆不任持，曰：「環劍不可取。有龍高二丈許，而環劍置前，某引手將取，龍輒怒目。」

峴曰：「女與環劍，吾之三寶。今者既亡環劍，汝將安用，必須為我力爭也。」摩訶不得已，被髮大呼，目眦⑬流血，窮命一入，不復出矣。久之，見摩訶支體磔裂⑭，浮於水上，如有示於峴也。峴流涕水濱，乃命迴棹，因賦詩自敘，不復議遊江湖矣。

詩曰：「匡廬舊業自有主？吳越新居安此生。白髮數莖歸未得，青山一望計還成。鵶翻楓葉夕陽動，鷺立蘆花秋水明。從此捨舟何所詣？酒旂歌扇正相迎。」

孟彥深復游青瑣，出為武昌令。孟雲卿當時文學，南朝上品。焦遂，天寶中為長安飲徒，時好事者為飲中八仙歌曰云云：「焦遂五斗方卓然，高談雄辨驚四筵。」

校志

一、本文據《太平廣記》卷四百二十與世界《唐人傳奇小說》校錄，予以分段，並加註標點符號。

二、括弧中之文字係我們添加，以求文氣通暢。

三、最後一段六十一字，《廣記》未載。江國垣氏據明鈔原本《說郛》添加。

註釋

❶陶峴者，彭澤之子孫也——彭澤、指陶淵明。陶淵明曾為彭澤縣令，故後人稱陶彭澤。

❷開元——唐玄宗的年號，共二十九年。自西元七一三至七四一年。

❸昆山——今江蘇省吳縣東。

❹泛然江湖，遍遊煙水——泛然，猶泛遊江湖，遊山玩水。

❺自謂疏脫，不謀宦遊——自認自己疏懶脫略，不想作官。

❻前進士孟雲卿，布衣焦遂——前進士，舉進士已登第者。進士，尚未試於禮部者。布衣，無功名之士人。孟雲卿頗有詩名。唐張為著《詩人之客圖》他將詩人分為若干門，每門有主一人，其下有上入室、入室、升堂、及門共四等。他和孟雲卿列為高古奧逸主。

❼係方伯之為人，江山之可駐耳——這句話費解。

❽南海守——南海、唐郡名，治在番禺。

❾韶石——廣東曲江縣北，有三十六石，名曰韶石。

❿為毒蛇所嚙——嚙、俗齧字。咬。

⓫犀燭下照，果為所讎——《晉書．溫嶠》：「（嶠）至渚磯，水深不可測。世云：『其下多怪物。嶠遂燬犀角而照之，見水族覆火，奇形異狀。其夜夢人謂己』曰：『與君幽明道別，何意相照也！』」

⓬但殉所好，莫知其他——但從所好，不管其他。

⓭目眦——眼眶。

⓮支體磔裂——車裂曰磔。摩訶的身體四肢被磔開了。

下篇　河東記

導讀

一、河東記

第一次接觸到《河東記》，是閱讀台大教授王德箴女士所英譯的〈板橋三娘子〉。王教授也是立法委員。她把若干中篇傳奇譯成英文。我必須說：她的英譯文，就〈板橋三娘子〉一文來說，比原文，不論是邏輯上、文法上，都要高明。

〈板橋三娘子〉是《河東記》中的一篇。因為此文，我們特地把《河東記》中目前所能找出來的篇章，一共三十四篇，全找到了。

《河東記》一書，我們查閱《唐書．藝文志》和《宋史．藝文志》，俱不見著錄。晁公武《郡齋讀書志》卷三下〈小說類〉載：

河東記三卷。

廣記篇名	卷次	商務河東記	篇次
一、黑叟	四十一		
二、蕭洞玄	四十四		
三、慈恩塔女仙	六十九		
四、葉靜能	七十二	葉靜能	11
五、韋丹	一百十八	韋丹	7
六、呂群	一百四十四	呂群	1
七、李敏求	一百五十七	李敏求	3
八、獨孤遐寂	二百八十一		
九、胡媚兒	二百八十六		
十、板橋三娘子	二百八十六		
十一、盧佩	三百六	盧佩	9
十二、党國清	三百七	党國清	10
十三、柳澥	三百八	柳澥	14
十四、王錡	三百一十	王錡	2
十五、馬朝	三百一十		
十六、韓弇	三百四十	韓弇	8
十七、韋浦	三百四十一	韋浦	6
十八、鄭馴	三百四十一		
十九、成叔弁	三百四十四		
二十、送書使者	三百四十六		
廿一、臧夏	三百四十六		
廿二、踏歌鬼	三百四十六		
廿三、盧燕	三百四十六		
廿四、韋齊休	三百四十八		
廿五、段何	三百四十九	段何	5
廿六、蘊都師	三百五十七	蘊都師	13
廿七、許琛	三百八十四	許琛	15
廿八、辛察	三百八十五	辛察	16
廿九、崔紹	三百八十五		
三十、龍播	四百一		
卅一、申屠澄	四百二十九	申屠澄	4
卅二、盧從事	四百三十六	盧從事	17
卅三、李知微	四百四十	李知微	12
卅四、李自良	四百五十三	李自良	14

其後註云：

右不著撰人，亦記譎怪之事。

陳振孫《直齋書錄解題》中卻未刊錄，陳較晁後生數十年，可能到陳時，其書已散迭，但我們閱讀王夢鷗先生所著《唐人小說研究》四集上篇三〈宣室記與河東記〉，其中說：

然較《宋史》編成前約一百餘年，晁公武撰《郡齋讀書志》時，實嘗見之。稍後，陸游《老學菴筆記》，亦數引其文句，晁氏《讀書志》卷十五敘曰：「《河東記》三卷，唐薛漁思撰。亦記怪譎之事。〈序〉云：「續牛僧儒之書。」

王先生所看到的《讀書志》不知是什麼版本，和我們讀到的台灣商務印書館人人文庫本截然不同。商務本只有卷一上、卷一下、卷二上、卷二下、卷三上、卷三下、卷四上、卷四中、卷四下、卷五上和卷五下。卻沒有卷十五。

但一般學者都肯定《河東記》是薛漁思所撰，商務《舊小說》的編者汪增祺在《河東記》

作者欄卻是署的「闕名」。

至於《河東記》的篇章，我們從《太平廣記》中找到三十四篇。其中十八篇也見諸商務的《河東記》中。我們將各篇依《廣記》順序列於後。

這三十四篇中，第二十至二十三的「送書使者」等四篇，甚為簡略，只有陳說，沒有故事，跡近志怪。又如第三「慈恩塔女仙」私第十九之「成叔弁」，筆意窘蹙，（王夢鷗先生評語），詩意難明。第二十八之「韋齊休」中，潤水潺潺聲不絕一詩，乃抄自《宣室記》卷六胡氏子之詩，都甚平常。但第九之「胡媚兒」，第十之「板橋三娘子」和第三十一之「申屠澄」等篇，作者似乎化了較多功夫，情節曲折，用字簡樸，實屬佳作。

二、作者

《河東記》一書，既未見列名於《新唐書．藝文志》，也未列名於《宋史．藝文志》，由來學者，均以此書為薛漁思所著。

薛漁思究是何等樣人，我們遍查新、舊《唐書》、《登科記考》、《唐尚書省郎官柱石題名考》、《唐會要》、《僕尚丞郎表》等書，皆找不到他的名字。

唐代士人，若官作得不夠大，他們不願稱官銜，而願意稱郡望。如：隴西李益、博陵崔護、薛屬河東郡姓，可能薛漁思沒作官，或沒作到大官，所以寫書，以郡姓「河東」冠書名，稱「河東記」，大有可能。

我們看全書，所記多是唐憲宗元和與文宗太和時代事，作者可能生存於元和太和之世，耳目所接，故能筆錄。裴鉶的《傳奇》一書成於大約唐咸通年間，而薛書中如「申屠澄」似模擬《傳奇》中之《孫恪》，《蕭洞玄》類似裴鉶的《韋自東》，則薛書之成書當在咸通之後。也就是說，薛漁思可能僖宗年間還在世，若元和時他已二十歲，他可能生於貞元年間。到了僖宗初年，他可能有六十多一點歲數了。

總而言之，研究唐代小說的學者，始終無人能找出薛漁思的家世、出身、仕履，我們也只能莫可奈何了。

一、黑叟

唐寶應❶中，越州❷觀察使❸皇甫政妻陸氏，有姿容而無子息。州有寺名寶林，中有魔母神堂，越中士女求男女者，必報驗焉。

政暇日，率妻孥入寺。至魔母堂，捻香❹祝曰：「祈一男，請以俸錢百萬貫締構❺堂宇。」

陸氏又曰：「儻遂所願，亦以脂粉錢百萬，別繪神仙。」

既而寺中遊，薄暮方還。

兩月餘，妻孕。果生男。

政大喜，構堂三間，窮極華麗。

陸氏於寺門外築錢百萬❻，募畫工。自汴、滑、涂、泗、楊、潤、潭、洪及天下畫者，日有至焉。但以其償過多，皆不敢措手❼。

忽一人不說姓名，自劍南來。且言善畫。泊寺中月餘❽，一日視其堂壁，數點頭。

主事僧曰：「何不速成其事耶？」

其人笑曰：「請備燈油。」將夜緝其事。僧從其言。至平明，燦爛光明，儼然❾一室。畫人已不見矣。

政大設齋，富商來集。

政又擇日，率軍吏州民大陳伎樂。至午時，有一人形容醜黑，身長八尺，荷芷莎衣❿，荷鋤而至。閽者⓫拒之。政令召入，直上魔母堂。舉手鋤以斸⓬其面，壁乃頹。百萬之衆，鼎沸驚鬧，左右武士欲擒殺之，叟無怖色。

政問之曰：「爾癲癇⓭耶？」

叟曰：「無。」

「爾善畫耶？」

叟曰：「無。」

曰：「緣何事而斸此也？」

叟曰：「恨畫工之罔上也。夫人與上官捨二百萬，圖寫神仙。今比生人，尚不逮矣。」

政怒而叱之。

叟撫掌笑曰：「如其不信，田舍老妻，足為驗耳。」

政問曰：「爾妻何在？」

叟曰：「住處過湖南三二里。」

政令十人隨叟召之。叟自葦庵間，引一女子，年十五六，薄傅粉黛，服不甚奢，艷態媚人，光華動衆。頃刻之間，到寶林寺。百萬之衆，引頸駭觀，皆言所畫神母，果不及耳。引至塔前，陸氏為之失色。政曰：「爾一賤夫，乃蓄此婦，當進於天子。」

叟曰：「詩歸與田舍親訣別也。」

政遣卒五十，侍女十人，同詣其家。至江欲渡，叟獨在小遊艇中，衛卒侍女叟妻同一大船。將過江，不覺叟妻於急流之處，忽然飛入遊艇中。人皆惶怖，疾棹趨之。夫妻已出，攜手而行。又追之，二人俱化為白鶴，沖天而去。

校志

一、本文據《太平廣記》卷四十一校錄，予以分段，並加標點符號。

二、王夢鷗先生發現：皇甫政於德宗貞元三年由宣州遷越州觀察使，在任十一年，自七八七至七九七。寶應則為肅宗年號。只一年，合西元七六二年。（見吳廷燮：《唐方鎮年表》卷五）如此，則本文所述各節當屬虛構。

註釋

❶唐寶應中——寶應係唐肅宗年號，只一年。當西元七六二年。「唐」字係《太平廣記》編者加上去的。本文起首格式是模仿陶淵明的〈桃花源記〉：「晉太元中，武陵人。」太元有二十年，可以說「太元中」大概太元九至十一年。寶應只有一年，何能說「中」？

❷越州——南朝的「宋」置越州，在今廣東。隋置越州，在今之浙江紹興。故紹興戲稱「越劇」。

❸觀察使——唐地方官制，採州縣二級制。州數太多，乃分道以司監察。安史之亂後，武夫悍將據險要，專方面，大者連州十餘，小者　兼三四。最初，道的長官叫按察使，後改為採訪處置使。既又改為觀察使。有戎旅之地則置節度使。

❹捻香——拈香。

❺締構——建築。

❻築錢百萬——把一百萬錢堆置在寺門外募畫家畫仙女像。

❼不敢措手——不知道如何動手。

❽泊寺中月餘——在寺中滯留了一個多月。

❾儼然——很莊嚴的樣子。

❿荷笠莎衣——帶了笠帽，穿了蓑衣。莎、一種類似桃榔的樹。莎草，多年生草，可以入藥。

⓫閽者——守門的人。

⓬斸——鋤。動詞。

⓭癲癇——一種突發的全身抽筋的病。

二、蕭洞玄

王屋❶靈都觀道士蕭洞玄，志心學鍊神丹。積數年，卒無所就。無何，遇神人授與大還秘訣曰：「法盡此耳，然更須得一個心者，相為表裡，然後可成，盍求諸乎？」

洞玄遂周遊天下，歷五岳四瀆❷，名山異境，都城聚落，人跡所輳❸，罔不畢至。歷十餘年，不得其人。

至貞元❹中，洞玄自浙東抵揚州，至庱亭埭維舟於逆旅主人。于時舳艫萬艘，隘於河次❺，堰開爭路❻。上下眾船相軋者移時❼，舟人盡力擠之。見一人船頓蹙其右臂，且折，觀者為之寒慄。其人顏色不變，亦無呻吟之聲，徐歸船中，飲食自若。

洞玄深嗟異之。私喜曰：「此豈非天佑我乎？」問其姓名，則曰「終無為。❽」因與交結，話道欣然，遂不相捨，即俱之王屋❾。

洞玄出還丹秘訣示之，無為相與揣摩。更經二三年，修行備至。

洞玄謂無為曰：「將行道之夕，我當作法護持，君當謹守丹竈。但至五更無言，則攜手上昇矣。」

無為曰：「我雖無他術，至於忍斷不言，君所知也。」

遂十日設壇場，焚金鑪，飾丹竈，洞玄遶壇行道步虛，無為於藥竈前端拱而坐，心誓死不言。

一更後，忽見兩道士，自天而降，謂無為曰：「上帝使問爾要成道否？」無為不應。須臾又見群仙，自稱王喬安期等，謂曰：「適來上帝使左右問爾所謂，何得不對？」無為亦不言。

有頃見一女人，年可二八，容華端麗，音韻幽閑，綺羅繽紛，薰灼動地，盤旋良久；調戲無為，無為亦不顧。

俄然有虎狼猛獸十餘種類，哮叫騰擲，張口向無為，無為亦不動。

有頃，見其祖考父母先亡眷屬等，並在其前，謂曰：「汝見我何得無言？」無為涕淚交下而終不言。

俄見一夜叉，身長三丈，目如電絶⑩，口赤如血，朱髮植竿，鋸牙鈎爪⑪，直衝無為，無為不動。

既而有黃衫人領二手力至，謂無為曰：「大王追不顧行，但言其故即免。」無為不言。

黃衫人即叱二手力可拽去。無為不得已而隨之。須臾至一府署，云是平等王，南面凭几，威儀甚嚴。厲聲謂無為曰：「爾未合至此，若能一言自辨，即放爾迴。」無為不對。平等王又令引向獄中，看諸受罪者，慘毒痛楚，萬狀千名，既迴，仍謂之曰：「爾若不言，便入此中矣。」無為心雖恐懼，終亦不言。平等王曰：「即令別受生，不得放歸本處。」無為自此心迷，寂無所知。俄然復覺其身，託生於長安貴人王氏家，初在母胎，猶記宿誓不言。既生，相貌具足，唯不解啼。三日、滿月，其家大會親賓，廣張聲樂，乳母抱兒出，衆中遞相憐撫。父母相謂曰：「我兒他日必是貴人。」因名曰貴郎。聰慧日甚，祇不解啼。纔及三歲，便行，弱不好弄。至五六歲，雖不能言，所為雅有高致。十歲操筆即成文章，動靜嬉遊，必盈紙墨。既及弱冠，儀形甚都，舉止雍雍，可為人表。然自以瘖瘂，不肯入仕。其家富比王室，金玉滿堂，婢妾歌鐘，極於奢侈。年二十六，父母為之娶妻，妻亦豪家，又絕代姿容，工巧伎樂，無不妙絕。貴郎官名慎微，一生自矜快樂，娶妻一年，生一男，端敏惠黠，略無倫比。慎微愛念，復過常情。一旦妻及慎微，俱在春庭遊戲，庭中有盤石，可為十人之坐。妻抱其子在上，忽謂慎微曰：「觀君於我，恩愛甚深，今日若不為我發言，便當撲殺君兒。」慎微爭其子不勝，妻舉手向石撲之，腦髓迸出。慎微痛惜撫膺，不覺失聲駭。恍然而寤，則在丹竈之前。而向之盤勝石，乃丹竈也。

時洞玄壇上法事方畢，天欲曉矣，俄聞無為歎息之聲，忽失丹竈所在。二人相與慟哭，即更鍊心修行。後亦不知所終。

校志

一、本文據《太平廣記》卷四十四與世界汪國垣編《唐人傳奇小說》校錄，予以分段，並加標點符號。

二、本篇與《續玄怪錄》中之〈杜子春〉、《傳奇》中之〈韋自東〉、和《酉陽雜俎續集》中之〈顧玄微〉都很類似。按我國自秦皇、漢武便有鍊丹服餌之事。唐人尊崇道教，迷信丹藥者甚眾。以皇帝來說，服用丹藥結果反而短命的有六個，他們是：太宗、憲宗、穆宗、敬宗、武宗和宣宗。《廿二史箚記》卷十九中說：「實由貪生之心太甚，而轉以速其死耳。」所以，唐朝帝室迷信丹餌於上，一般文人，便把鍊丹一事拿來大作文章了。

註釋

❶王屋——山名。在山西陽城。

❷歷五岳四瀆——五岳，即東嶽泰山、西嶽華山、南嶽衡山、北嶽恆山，中嶽嵩山。四瀆即江、河、淮、濟。《水經河水注》云：「自河入濟，自濟入淮、自淮達江，水經周通，故有四瀆之名。」

❸人跡所輳——輳、聚。人們所聚集之處。

❹貞元——唐德宗年號。共二十年。自西元七八五至八〇四年。

❺舳艫萬艘，隘於河次——舳、船後持柂處。艫、船前頭刺櫂處。言船多，首尾相接。隘於河次，在河的狹隘處擠在一起，難以行動。

❻堰開爭路——築土壅水曰堰。堰開，開出路來。

❼相軋者移時——一時互相傾軋。移時、暫時。

❽終無為——著者分明暗示本文主角鍊丹不致有成。所以，把他的助手名為「終無為」：終於沒有作為也。終、姓。漢有終軍。他曾向漢高祖「請纓」，說南越歸順。魏徵詩：「請纓繫南越。」即用此典故。

❾俱之王屋——都去王屋山。之、去、往。

❿赩——音赫。大赤色。

⓫朱髮植竿，鋸牙鈎爪——紅色竿直的頭髮，如鈎、爪一般像鋸齒一樣的牙齒。

三、慈恩塔院女仙

唐太和❶二年，長安城南韋曲慈恩寺塔院，月夕，忽見一婦人，從三四青衣來，遶佛塔言笑，甚有風味。回顧侍婢曰：「白院主，借筆硯來。」乃於北廊柱上題詩曰：

黃子陂頭好月明，忘卻華筵到曉行。
煙收山底翠黛橫，折得荷花贈遠生。

題訖，院主執燭將視之，悉變為白鶴，沖天而去。書迹至今尚存

校志

一、本文據《太平廣記》卷六十九校錄，予以分段，並加註標點符號。

二、此文過於簡略，所題詩也不知所云。可能傳鈔過甚，頗有闕文。

註釋

❶唐太和——文宗年號，共九年。自西元八二七至八三五年。

四、葉靜能

唐汝陽王❶好飲，終日不亂。客有至者，莫不留連旦夕❷。時術士葉靜能常過焉。王強之酒，不可。曰：「某有一生徒，酒量可為王飲客矣。然雖侏儒，亦有過人者。明日使謁王，王試與之言也。」明旦，有投刺❸曰：「道士常持蒲。」

王引入，長二尺。既坐，談胚渾至道❹，次三皇五帝、歷代興亡、天時人事。經傳子史，歷歷如指諸掌焉。王呿口不能對❺。既而以王意未洽，更咨話淺近諧戲之事，王則懽然。

（王）謂曰：「亦常飲酒乎？」

持蒲曰：「唯所命耳。」

王即令左右行酒。已數巡，持蒲曰：「此不足為飲也，請移大器中，與王自挹❻而飲之，量止則已，不亦樂乎？」

王又如其言。命醇酹❼數石，置大斛中，以巨觥取而飲之。王飲中醺然，而持蒲固不擾，風韻轉高。

良久，（持浦）忽謂王曰：「某止此一杯，醉矣。」

王曰：「觀師量，殊未可足，請更進之。」

持蒲曰：「王不知度量有限乎？何必見強。」乃復盡一杯，忽倒。視之，則一大酒榼❽，受五斗焉。

校志

一、本文據《太平廣記》卷七十二與商務《舊小說》第七集《河東記》校錄，予以分段，並加註標點符號。

二、杜甫〈飲中八仙歌〉中有云：「汝陽三斗始朝天，道逢曲車口流涎，恨不移封向酒泉。」即是說汝陽王李璡。曲車、酒車也。

註釋

❶汝陽王——名李璡。讓皇帝李憲之子。睿宗之孫。

❷留連旦夕——流連：依戀不忍去也。

❸投刺——刺、名帖。投名帖求見。

❹胚渾——動物始生曰胚。混沌初開，天地之始。胚渾至道，說生生之至道。

❺呿口不能對——呿、音去。張口。即是說：「張口不能對。」

❻自挹而飲之——把液體從大容器中倒入小容器中叫挹。汝陽王本來令左右行酒，不過癮。於是和常道士自己倒酒喝。

❼醇酹——酹、酒。以酒沃地曰酹。醇酹、好酒。

❽酒榼——裝酒的容器。

五、韋丹

唐江西觀察使❶韋丹，年近四十，舉五經❷未得。嘗乘蹇驢❸，至洛陽中橋。見漁者得一黿❹，長數尺，置於橋上，呼呻餘喘，須臾將死。群萃觀者❺，皆欲買而烹之。丹獨憫然，問其直幾何。漁曰：「得二千則鬻之❻。」是時天正寒，韋衫襖袴無可當者，乃以所乘劣衛❼易之。既獲，遂放於水中，徒行而去。

時有胡蘆先生，不知何所從來，行止迂怪，占事如神。後數日，韋因問命，胡蘆先生倒屣迎門❽，欣然謂韋曰：「翹望數日，何來晚也！」

韋曰：「此來求謁。」

先生曰：「我友人元長史，談君美不容口，誠託求識君子，便可偕行。」

韋良久思量，知聞間無此官族。因曰：「先生誤，但為某決窮途。」

胡蘆曰：「我焉知？君之福壽，非我所知。元公即吾師也，往當自詳之。」相與策杖至通利坊，靜曲幽巷。見一小門，胡蘆先生即扣之。食頃，而有應門者開門延入。數十步，從入一板門。又十餘步，乃見大門，製度宏麗，擬於公侯之家。復有丫鬟數人，皆極殊美，先出迎客。陳設鮮華，異香滿室。

俄而有一老人，須眉皓然，身長七尺，褐裘韋帶❾，從二青衣而出。自稱曰：「元濬之。」向韋盡禮先拜。

韋驚，急趨拜曰：「某貧賤小生，不意丈人過垂採錄，韋未喻。」

老人曰：「老夫將死之命，為君所生，恩德如此，豈容酬報？仁者固不以此為心，然受恩者思欲殺身報効耳。」

韋乃矍然❿，知其黿也，然終不顯言之。遂具珍羞，流連竟日。

既暮，韋將辭歸，老人即於懷中出一通文字授韋曰：「知君要問命，故輒於天曹，錄得一生官祿行止所在，聊以為報。凡有無皆君之命也。所貴先知耳。」又謂胡蘆先生曰：「幸借吾五十千文，以充韋君改一乘，早決西行，是所願也。」

韋再拜而去。

明日，胡蘆先生載五十緡至逆旅中，賴以救濟。其文書具言明年五月及第。又某年平判入登科，授咸陽尉，又明年，登朝作某官。如是歷官一十七政，皆有年月日。最後年遷江西觀察使，至御史大夫。到後三年，廳前皁莢樹花開，當有遷改北歸矣。其後遂無所言，韋常寶持之。自五經及第後，至江西觀察使。每授一官，日月無所差異。

洪州使廳前，有皁莢樹一株，歲月頗久。其俗相傳此樹有花，地主大憂。元和八年，韋在位，一旦樹忽生花，韋遂去官，至中路而卒。

初韋遇元長史也，頗怪異之。後每過東路，即於舊居尋訪，不獲。問於胡蘆先生。先生曰：「彼神龍也，處化無常，安可尋也？」韋曰：「若然者，安有中橋之患？」胡蘆曰：「迍難困厄⓫，凡人之與聖人，神龍之與蝘蠕，皆一時不免也，又何得異焉？」

校志

一、本文據《太平廣記》卷一百一十八與商務《舊小說》第八集《河東記》校錄，予以分段，並加註標點符號。

二、本文主角韋丹，《新唐書》卷一百九十七有傳（〈循吏傳〉）字文明，京兆萬年人。早孤，從外祖父顏真卿學。舉明經《登科記考》卷二十七說他《舊唐書・良吏傳》有傳。我們翻閱，該書〈良吏傳〉中並無韋丹。他的佚事載於《太平廣記》中，確有四事。此文外，卷三十五，卷二百五十六和卷四百九十七都有故事。歷任觀察使。後遷嶺南節度使，加檢校尚書左僕射，同中書門下平章事。咸通時卒。所在著有政績。順宗為太子時，他已是殿中侍御使，召為舍人。他是以尉為首任官的，其時乃貞元年。假定他貞元十年（七九五年）四十考上明經，四十五歲任舍人。到咸通元年（八六〇）豈不一百多歲？此中有誤！

註釋

❶觀察使——唐分天下四十餘道。道之大者，轄州十餘。小者，二三州。觀察使為道的長官。

❷五經——唐考試眾多科目之一。

❸蹇驢——蹇、本是「跛」的意思。此處不過是說「很差勁的」驢子。

❹黿——一種大烏龜。

❺群萃觀者——群聚的旁觀者。

❻得二千則鬻之——得兩千錢就賣掉它。

❼劣衛——不夠好的驢。衛、驢。或謂晉代衛玠好乘驢，故人們稱驢曰衛。

❽倒屣迎門——古人脫履（屣），席地而坐。若有貴賓來到，則來不及正履而相迎。

❾褐裘韋帶——褐裘、賤者之服。韋帶、亦寒素之服。

❿矍然——驚視貌。

⓫迍難困厄——迍難、處於困難，不敢前進叫迍邅。困厄，被困住。遭厄運。

⓬蝙蠕——謂會扭動的東西。指虫。

六、呂羣

唐進士呂羣，性麤褊不容物❶，僕使者未嘗不切齒恨之。元和十一年，下第遊蜀，時過褒斜❷未半，所使多逃去。唯有一廝養❸。羣意悽悽❹，行次一山嶺，復歇鞍放馬，策杖尋逕，不覺數里。見杉松甚茂，臨溪架水，有一草堂，境頗幽邃❺，似道士所居，但不見人。復入後齋，有新穿土坑，長可容身。其深數尺，中植一長刀，傍置二刀。又於坑傍壁上大書云：「兩口加一口，即成獸矣。」羣意謂術士厭勝之所❻，亦不為異。即去一二里，問樵人：「向之所見者，誰氏所處。」樵人曰：「近並無此處。」因復窺之，則不見矣。

後所到衆會之所，必先訪其事。或解曰：「兩口、君之姓也，加一口、品字也。三刀、州字之象也，君後位至刺史二千石矣。」羣心然之。行至劍南❼界，計州郡所獲百千，遂於成都買奴馬，服用行李復泰矣❽。

成都人有曰南豎者，凶猾無狀❾，貨久不售，羣則以二十緡易之。既而鞭撻毀罵，奴不堪命，遂與其傭保潛有戕殺之心❿，而伺便未發耳。

羣至漢州，縣令為羣致酒。時羣新製一綠綾裘甚華潔，縣令方燃蠟炬，將上於臺，蠟淚數滴，污羣裘上。縣令戲曰：「僕且拉君此裘」。羣曰：「拉則為盜矣！」

洎至眉州⑪，留十餘日。冬至之夕，逗宿眉西之正見寺。其下且欲害之，適遇院僧有老病將終，侍燭不絕，其計不行。羣此夜忽不樂，及於東壁題詩二篇，其一曰：

路行三蜀盡，身及一陽生⑫。賴有殘燈火，相依坐到明。

其二曰：

社後辭巢燕，霜前別蒂蓬。願為蝴蝶夢，飛去覓關中。

題訖，吟諷久之，數行淚下。明日冬至抵彭山縣。縣令訪羣，羣形貌索然。謂縣令曰：「某殆將死乎？意緒不堪，寥落之甚。」縣令曰：「聞君有刺史三品之說，足得自寬也。」縣令即為置酒極歡。至三更，羣大醉，舁歸館中⑬。兇奴等已於羣所寢牀下穿一坑如羣之大，深數尺。羣至，則舁置坑中，斷其首。又以羣所攜劍當心釘之，覆以土訖，各乘服所有衣裝鞍馬而去。

後月餘日，奴黨至成都，貨鬻衣物略盡⑭。有一人分得綠裘，逕將北歸，卻至漢州街中鬻之。適遇縣令偶出，見之，識其燭淚所污，擒而問焉，即皆承伏。時丞相李夷簡⑮鎮西蜀，盡捕得其賊，乃發羣死處，於褱中所見，如影響焉。

校志

一、本文據《太平廣記》卷一百四十四及商務人人文庫本《舊小說》第七集《河東記》部分校錄，予以分段，並加註標點符號。

二、本文開頭第二三句為「元和十一年，下第遊蜀。」我們把它列為第四五句，而將第四五句列為第二三句，較為通暢。

註釋

❶粗褊不容物——粗魯、褊、心胸狹窄。

❷褒斜——陝西終南山的褒斜谷。褒、　俗字。音右。

❸廝養——執賤役者。

❹羣意悽悽——悽悽、悲也。呂羣覺得很悲哀。

❺幽邃——邃、深遠貌。幽邃：清幽深遠。

❻術士厭勝之所——厭勝、已咒詛厭伏其人。術士作法害人的地方。

❼劍南——唐有劍南道，即今四川省內劍閣以南、大江以北及甘肅與雲南的一部份地方。

❽服用行李復泰矣——服裝行李又很富裕了。

❾凶猾無狀——兇狠狡詐。

❿潛有戕殺之心——暗中有謀殺主人的心意。戕、殺害。

⓫眉州——今四川眉山縣。蘇東坡的故鄉。

⓬一陽生——「冬至一陽生，是以日時漸長。」舊說：「夏天日長夜短。到了冬至，「陽」生了，白天便慢慢長起來。

⓭舁歸館中——舁音余。兩人共舉曰舁。抬。

⓮貨鬻衣物略盡——貨、賣。鬻、音育，也是賣。

⓯李夷簡——鄭惠王李元懿四世孫，進士出身。元和時由御史中丞、檢校禮部尚書、山南東道節度使。貞元十三年，由門下侍郎同中書門下平章事（宰相）。其前，曾由山南東道調任劍南西川。本文說：「丞相李夷簡鎮西蜀，」他鎮西蜀，還沒作過宰相！

七、李敏求

李敏求應進士舉，凡十有餘上，不得第。海內無家，終鮮兄弟姻屬，栖栖❶丐食，殆無生意。

大和初❷，長安旅舍中，因暮夜愁惋❸而坐。忽覺形魂相離，其身飄飄，如雲氣而遊。漸涉邱墟荒野之外。山川草木，無異人間，但不知是何處。良久，望見一城壁，即趨就之。復見人物甚眾，呵呼往來，車馬繁鬧。

俄有白衣人走來拜敏求。

敏求曰：「爾非我舊傭保耶。」

其人曰：「小人即二郎十年前所使張岸也。是時隨從二郎涇州❹，岸不幸身先犬馬耳❺。」

又問曰：「爾何所事？」

岸對曰：「自到此來，便事柳十八郎，甚蒙驅使。柳十八郎，今見在太山府君判官，非常貴盛，每日判決繁多，造次不可得見。二郎豈不共柳十八郎是往來？今事須見他，岸請先入啓白。」

須臾，張岸復出，引敏求入大衙門。正北有大廳屋，丹楹粉壁，壯麗窮極❻。又過西廡❼下一橫門，門外多是著黃衫慘綠衫人。又見著緋紫端簡而佇立者，披白衫露髻而倚牆者，有被枷鎖，牽制於人而俟命者，有抱持文案，窺覷門中而將入者，如叢，約數百人❽。

敏求將入門，張岸揮手於其衆曰：「官客來。」其人一時俛首開路❾，俄然謁者揖敏求入。見著紫衣官人，具公服立於階下。敏求趨拜訖，仰視之，即故柳澥秀才也。澥熟顧敏求，大驚：「未合與足下相見！」乃揖登席，綢繆敘話，不異平生。

澥曰：「幽顯殊途❿，今日吾人⓫此來，大是非意事。莫有所由妄相追攝否？僕幸居此處，當為吾人理之。」

敏求曰：「所以至此者，非有人呼也？」

澥沉吟良久曰：「此固有定分，然宜速返。」

敏求曰：「受生苦窮薄，故人當要路，不能相發揮乎？」

澥曰：「假使公在世間作官職，豈可將他公事從其私欲乎？苟有此圖，譴罰無容逃逭矣⓬！然要知祿命非可施力。」因命左右一黃衫吏曰：「引二郎至曹司，略示三數年行止之事。」敏求即隨吏卻出，過大廳東，別入一院。院有四合大屋，約六七間，窗戶盡啓。滿屋唯是大書架，置黃白紙書簿。各題籤牓，行列不知紀極。其吏止於一架，抽出一卷文，似手葉卻數十紙，即反卷十餘行，命敏求讀之。其文曰：「李敏求至大和二年罷舉。其年五月，得錢二百四十貫。」側注朱字：「其錢以伊宰賣莊錢充。又至三年，得官食祿張平子。」讀至此，吏復掩之。敏求懇請見其餘，吏固不許，即被引出。

又過一門，門扇斜開。敏求傾首窺之，見四合大屋，屋內盡有牀榻，上各有銅印數百顆，雜以赤斑蛇，大小數百餘，更無他物。敏求問吏：「用此何為？」吏笑而不答，遂卻至柳判官處。

柳謂敏求曰：「非故人莫能致此，更欲奉留，恐誤足下歸計。」握手敘別，又謂敏求曰：「此間甚難得揚州氈帽子，他日請致一枚。」即顧謂張岸：「可將一兩箇了事手力，兼所乘鞍馬，送二郎歸。不得妄引經過，恐動他生人。」

敏求出至府署外，即乘所借馬，馬疾如風，二人引頭，張岸控轡。須臾到一處，天地漆黑，張岸曰：「二郎珍重。」似被推落大坑中，即如夢覺。於時向曙，身乃在昨宵愁坐之所。

敏求從此遂不復有舉心。後數月，窮飢益不堪，敏求數年前，曾被伊慎諸子求為妹壻[13]。時方以修進為己任，不然納之。至是有人復語敏求，敏求即欣然欲之。不旬遂成姻娶。伊氏有五女，其四皆已適人，敏求妻其小者。其兄宰方貨城南一莊[14]，得錢一千貫，悉將分給五妹為資裝。

敏求既成婚，即時領二百千。其姊四人。曰：「某娘最小，李郎又貧，盍各率十千以助焉。」由是敏求獲錢二百四十貫無差矣。

敏求先有別色身名⓯，久不得調。其年乃用此錢參選，三年春，授鄧州向城尉。任官數月，閒步縣城外，壞垣蓁莽之中，見一古碑，文字磨滅不可識。敏求偶令滌去苔蘚，細辨其題篆，云：晉張衡碑⓰，因悟食祿張平子，何其昭昭歟！

校志

一、本文據《太平廣記》卷一百五十七與商務《舊小說》第七集《河東記》校錄，予以分段，並加註標點符號。

註釋

❶栖栖——不安貌。亦作「棲棲」。唐詩：「夫子何為者，栖栖一代中。」

❷大和——唐文宗年號。共九年。自西元八二七至八三五年。

❸愁惋——自悲自歎。

❹涇州——今甘肅涇川縣。

❺身先犬馬耳——意謂短命而死了。

❻丹楹粉壁，壯麗窮極——楹、柱子。紅柱白壁，極其壯麗。

❼西廡——廊下周屋曰廡。

❽如叢約數百人——如叢、此辭費解。可能是「如此」之誤。

❾俛首開路——俛、音甫。低。俛首、低頭。

❿幽顯殊途——指陰陽相隔。李敏求世人，卻到了陰間！

⓫吾人——在此，似是指對方，「你」。

⓬謫罰無容逃逭矣——謫官、受處罰是免不了的。逭、音換。逃也。

⓭曾被伊慎諸子求為妹婿——曾被尹家兄弟求為妹夫。

⓮其兄宰方貨城南一莊——她哥可宰方賣掉城南一個莊子。貨、賣。

⓯敏求先有別色身名——有別的出身。例如：某人沒有醫師執照，但有別的執照。如病理化驗師。

⓰晉張衡碑——張衡，字平子。東漢西鄂人。善屬文。作〈二京賦〉。構思十年乃成。尤精天文律算。作渾天儀。漢安帝時，由郎中遷太史令，拜尚書。卒。「晉」、應是「漢」之誤。

八、獨孤遐叔

貞元❶中，進士獨孤遐叔❷，家於長安崇賢里，新娶白氏女。家貧下第，將遊劍南，與其妻訣曰：「遲可周歲歸矣。」

遐叔至蜀，羈栖不偶❸，逾二年乃歸。至鄠縣西❹，去城尚百里，歸心迫速，取是夕及家。趨斜逕疾行，人畜既殆。至金光門五六里，天已暝，絕無逆旅，唯路隅有佛堂，遐叔止焉。時近清明，月色如晝。繫驢於庭外，入空堂中，有桃杏十餘株。夜深，施衾幬於西窗下偃臥❺。方思明晨到家，因吟舊詩曰：「近家心轉怯，不敢問來人。」至夜分不寐。

忽聞牆外有十餘人相呼聲，若里胥田叟❻，將有供待迎接。須臾有夫役數人，各持畚鍤箕箒❼，於庭中糞除❽訖，復去。有頃，又持牀席牙盤蠟炬之類，及酒具樂器，闐咽而至❾。

遐叔意謂貴族賞會，深慮為其斥逐，乃潛伏屏氣於佛堂梁上伺之。

輔陳既畢，復有公子女郎共十數輩，青衣黃頭❿亦十數人，步月徐來，言笑宴宴⓫。遂於筵中間坐，獻酬縱橫，履舄交錯⓬。中有一女郎，憂傷摧悴⓭，側身下坐，風韻若似遐叔之妻。窺之，大驚。即下屋袱稍於暗處，迫而察焉，乃真是妻也。

方見一少年，舉杯矚之曰：「一人向隅，滿坐不樂。小人竊不自量，願聞金玉之聲。」

其妻冤抑悲愁，若無所控訴而強置於坐也。遂舉金雀，收泣而歌曰：「今夕何夕，存耶！沒耶！良人去兮，天之涯，園樹傷心兮，三見花。」滿座傾聽，諸女郎轉面揮涕。

一人曰：「良人非遠，何天涯之謂乎？」少年，相顧大笑。

遐叔驚憤。久之，計無所出，乃就階陛間捫一大磚，向坐飛擊，磚纔至地，悄然一無所見。遐叔悵然悲惋，謂其妻死矣。速驚而歸，前望其家，步步悽咽。比平明，至其所居⑭，使蒼頭先入，家人並無恙。遐叔乃驚愕，疾走入門，青衣報娘子夢魘方寤。

遐叔至寢⑮，妻臥猶未興⑯，良久乃曰：「向夢與姑妹之黨，相與玩月，出金光門外，向一野寺，忽為凶暴者脅與雜坐飲酒。」又說夢中聚會言語，與遐叔所見並同。又云：「方飲次，忽見大磚飛墜，因遂驚魘殆絕，纔寤而君至。」豈幽憤之所感耶？

校志

一、本文據《太平廣記》卷二百八十一與世界《唐人傳奇小說》校錄，予以分段，並加註標點符號。

二、本文與《說郛》所載白行簡〈三夢記〉中之劉幽求故事，《簒異記》中之〈張生〉，境遇相同。劉幽求則天后時為丞，其後曾居相職。本文記貞元間事，當後幽求許多年。雖都事涉不經，卻為士人所豔稱。

註釋

❶貞元——唐德宗年號。共二十年。自西元七八五至八〇四年。

❷獨孤遐叔——《新書》卷七十五〈宰相世系表〉：父助，太子舍人。兄由叔，校書。遐叔之下無職銜。獨孤損相昭宗，他應該是遐叔的姪輩。

❸羈栖不偶——淹滯不適合。「不偶」有「不遇」的意思。沒有得到機會！

❹鄠縣——鄠、音戶。屬陝西。在長安西南。

❺施衾幬於西窗下偃臥——把鋪蓋、蚊帳鋪張好，在西窗下睡倒。偃臥、偃臥，扒到睡。

❻里胥田叟——田中的官員和農夫們。胥、庶人而任公職者。

❼畚鍤箕箒——畚、音本，盛垃圾之器具。鍤、音察。掘土的農具。箕、音基。取扱塵土的器具。箒、掃除垃圾的器具。都是打掃清潔的器具。

❽糞除——掃除。

❾闐咽而至——群行而來。

❿青衣黃頭——青衣、丫鬟。黃頭、幼童。

⓫言笑宴宴——宴宴、安息貌。優閑自在的意思。

⓬履舄交錯——舄、木底的鞋子。古人席地而坐，鞋子脫一邊。許多鞋子，堆在一起！交錯。

⓭憂傷摧悴——悲傷憔悴的樣子。

⓮比平明，至其所居——比有近，及的意思。等到平明之時，已到了居住之處。即家。

⓯寢——臥室。

⓰臥猶未興——興、起。睡尚未起。

九、胡媚兒

貞元❶中，揚州坊市間忽有一妓術丐乞者❷，自稱姓胡，名媚兒，所為頗甚怪異。旬日之後，觀者稍稍雲集。其所丐求，日獲千萬❸。

一旦，懷中出一琉璃瓶子，可受半升，表裏烘明❹，如不隔物。遂置於席上。初謂觀者曰：「有人施與滿此瓶子，則足矣。」瓶口剛如葦管大，有人與之百錢，投之，琤然有聲❺，則見瓶間大如粟粒，眾皆異之。復有人與之千錢。投之如前。又有與萬錢者，亦如之。俄有好事人，與之十萬二十萬，皆如之。或有以馬驢入之瓶中，見人馬皆如蠅大，動行如故。

須臾，有度支兩稅綱❻，自揚子院，部輕貨數十車至，駐觀之。以其一時入，或終不能致將他物往。且謂官物不足疑者。乃謂媚兒曰：「爾能令諸車皆入此中乎？」媚兒曰：「許之則可。」

綱曰：「且試之。」

媚兒乃撽側瓶口，大喝。諸車輅輅相繼❼，悉入瓶。瓶中歷歷如行蟻然。有頃，漸不見。媚兒即跳身入瓶中。

綱乃大驚，遽取（瓶）撲破，求之一無所有。

從此失媚兒所在。

後月餘日，有人於清河北逢媚兒。部領車乘，趨東平而去。是時，李師道❽為東平帥也。

校志

一、本文據《太平廣記》卷二百八十六校錄，予以分段，並加註標點符號。

註釋

❶貞元——唐德宗年號。西元七八五至八〇四年。

❷妓術丐乞者——即今日所謂之街頭藝人。

❸日獲千萬——言其收穫甚豐而已。唐一品官月俸三萬一千錢。（見楊樹藩：《中國文官制度史》三篇、三

章。）一年還不到四十萬。日進千萬，是一品官二十餘年的薪水！

❹表裏烘明——裏外透明。「烘」字可能有誤。

❺琤然有聲——琤、音撐。凡物戛擊有聲皆曰琤。

❻兩稅綱——貨物之結合同行者曰綱。如茶綱、鹽綱。《水滸傳》中阮小二等打劫生辰綱。

❼轄轄相繼——即「車車相繼」。

❽李師道——李正己，高麗人。本名懷玉，他的姑母嫁給侯希逸。逐希逸而代為淄青節度使，擁有淄、青、齊、海、登、萊、沂、密、德、棣十州。李靈耀反，諸道攻之，正己又取得曹、濮、徐、兗、鄆五州之地。年四十九，發疽死。子納繼。納三十四歲死，子師古嗣。師道為其異母弟，師古元和初卒。師道嗣位。終至被斬，傳首京師。清河在河北省。東平在山東。

說　明

本文有數處疑問之處。

一、度支兩稅綱，自揚子院，部輕貨數十車至——「兩稅綱」似乎是官？還是「人名」？其後有「綱乃大驚」字樣。我們不解。

二、稅務官見馬、驢都能入於瓶中，如何敢輕試讓這位小姐將車貨入於瓶中。無乃太愚蠢。

三、「且謂官物不足疑者」。這一句話不清楚。

十、板橋三娘子

唐汴州❶西有板橋店。店娃三娘子者❷，不知何從來。寡居。年三十餘，無男女。亦無親屬。有舍數間，以鬻餐為業❸。然而家甚富貴，多有驢畜。往來公私車乘，有不逮者，輒賤其沽以濟之。人皆謂之有道，故遠近行旅多歸之。

元和中❹，許州客趙季和，將詣東都❺，過食宿焉。客有先至者六七人，皆據便榻。季和後至，最得深處一榻。榻鄰比主人房屋。

既而三娘子供給諸客甚厚。夜深置酒與諸客會飲極歡。季和素不飲酒，亦預言笑。至二更許，諸客醉倦，各就寢。三娘子歸室，閉關息燭。

人皆熟睡，獨季和轉展不寐❻。隔壁聞三娘子悉窣，若動物之聲。

（季和）偶於隙中窺之，即見三娘子向覆器下，取燭挑明之❼，後於巾箱中，取一副耒耜❽，並一木牛，一木偶人，各大六七寸，置於竈前❾，含水噀❿之。二物便行走，小人則牽牛駕耒耜，遂耕牀前一席地，來去數出。又於廂中，取出一裹蕎麥子，授於小人種之。須臾生，花發麥熟。令小人收割持踐。可得七八升。又安置小磨子，磑⓫成麵訖。卻收木人子於廂中⓬，即取麵作燒餅數枚。

有頃雞鳴，諸客欲發。三娘子先起點燈，置新作燒餅於食牀⓭上，與客點心⓮。

季和心動遽辭，開門而去。即潛於戶外窺之。乃見諸客圍牀，食燒餅未盡，忽一時踣地⓯，作驢鳴，須臾皆變驢矣。

三娘子盡驅入店後，而盡沒其財貨。

季和亦不告於人，私有慕其術者。

後月餘日，季和自東都返，將至板橋店，預作蕎麥餅，大小如前。

既至，復寓宿焉。三娘子歡悅如初。

其夕，更無他客。主人供待愈厚。

夜深，（三娘子）殷勤問所欲。

季和曰：「明晨發，請隨事點心。」

三娘子曰：「此事無疑，但請穩睡。」

半夜後，季和窺之，一依前所為。

天明，三娘子具盤食，果實燒餅數枚於盤中訖。更取他物。季和乘間走下，以先有者，易其一枚，彼不知覺也。

季和將發，就食。謂三娘子曰：「適會某自有燒餅，請撤去，主人者，留待他賓。」即取己者食之。方飲次，三娘子送茶出來。季和曰：「請主人嘗客一片燒餅。」乃取所易者與噉之。纔入口，三娘子據地作驢鳴。即立變為驢，甚壯麗。季和即乘之發，兼盡收木人木牛子等。然不得其術，試之不成。

季和乘策所變驢，周遊他處。未嘗阻失，日行百里。後四年，乘入關。至華嶽廟東五六里，路傍忽見一老人，拍手大笑曰：「板橋三娘子，何得作此形骸？」因捉驢謂季和曰：「彼雖有過，然遭君亦甚矣。可憐許，請從此放之。」老人乃從驢口鼻，以兩手擘開，三娘子自皮中跳出，宛復舊身。向老人拜訖走去，更不知所之。

校志

一、本文據《太平廣記》卷二百八十六校錄，予以分段，並加註標點符號。

二、所謂板橋店，究竟是「板橋」地方的小旅館、還是旅店叫做「板橋店」，或是「靠近一座木板橋的小旅店」？前立法委員東吳大學外文系教授王德箴將本文譯成英文，把板橋譯成

「木橋」。把三娘子譯成「第三個太太」。意思是說：「靠近木板橋邊的一個小旅舍」女老闆「第三個太太」的故事。作者沒交代清楚。

三、住旅店的人，錢財遭三娘子沒收，人人都變成了驢。若每天只住五個人，一年便有一千多頭驢了。三娘子何以處理。店中只有人進。沒有人出，三五天尚可以說得過去，日子長了，難道沒人會發現？而且夜半起牀種蕎麥，磨麵粉，難道沒有噪音驚動旅客？尤其她的住房有縫隙，不免有燈光透出，被發現的機會太大了，不必等待趙季和而她也不致粗心大意去吃別人的燒餅——總之，本文情節雖好，漏洞卻多。以今日短篇小說的條件來看，不是一篇好作品。

註釋

❶汴州——今河南開封。

❷店娃三娘子者——娃、美麗的女孩。店娃、似係說店中的女職員，或女經理。

❸以鬻餐為業——以賣飯食為業。（若然，則她所經營的，只是餐館，而非旅舍了！）

❹元和中——唐憲宗年號，共十五年，自西元八〇六至八二〇年。

❺許州客趙季和，將詣東都，過食宿焉——許州今河南臨穎附近。東都，唐以長安為首都，以洛陽為東都。

❻轉展不寐——翻來覆去睡不著。

❼向覆器下取燭挑明之——意思是把原被蓋著的蠟燭，把蓋覆的東西拿走，把燭弄得更亮起來。

❽於巾箱中取一副耒耜——耒、音類。耜、音似。耒耜、農具，起土所用。巾箱、置巾之小箱。

❾置於竈前——應該是置於「床」前。所以其後便「耕床前一席地」。

❿含水噀之——噀、噴水。

⓫磑——磨。磨成蕎麥粉。

⓬「又於廂中」，「收於廂中」——「廂」字應該是「箱」字之誤。

⓭食牀——安置器物之架，都叫「牀」。

⓮與客點心——給客人作點心。

⓯踣地——跌到地上。

十一、盧佩

貞元❶末，渭南縣丞❷盧佩，性篤孝。其母先病腰腳，至是病甚。不能下牀榻者累年，曉夜不堪痛楚。佩即棄官，奉母歸長安。寓於常樂里之別第❸，將欲竭產以求國醫王彥伯治之。彥伯聲勢重，造次不可一見，佩日往祈請焉。半年餘，乃許。與佩期某日平旦。

是日亭午不來，佩候望於門，心搖目斷。日既漸晚，佩益悵然，忽見一白衣婦人，姿容絕麗，乘一駿馬，從一女僮，自曲之西，疾馳東過。有頃複自東來，至佩處駐馬。謂佩曰：「觀君顏色憂沮，又似有所候待來，請問之。」

佩志於王彥伯，初不覺婦人之來。既被顧問再三，乃具以情告焉。婦人曰：「彥伯國醫，無容至此。妾有薄技，不減王彥伯所能，請一見太夫人，必取平差❹。」

佩驚喜，拜於馬首曰：「誠得如此，請以身為僕隸相酬。」佩即先入白母，母方呻吟酸楚之次，聞佩言，忽覺小瘳❺，遂引婦人至母前。

婦人纔舉手候之，其母已能自動矣。於是一家歡躍，競持所有金帛以遺婦人。

婦人曰：「此猶未也，當要進一服藥，非止盡除痼疾，抑亦永享眉壽。」

母曰：「老婦將死之骨，為天師再生，未知何階，上答全德。」

婦人曰：「但不棄細微，許奉九郎巾櫛，常得在太夫人左右，則可。安敢論功乎？」

母曰：「佩猶願以身為天師奴，今反得為丈夫，有何不可。」

婦人再拜稱謝，遂於女僮手，取所持小粧奩中，取藥一刀圭❻，以和進母。母入口，積年諸苦，釋然頓平。（佩）即具六禮，納為妻，婦人朝夕供養，妻道嚴謹。然每十日即請一歸本家。佩欲以車輿送迎，即終固辭拒。唯乘舊馬，從女僮，倏忽往來，略無踪跡。初且欲順適其意，不能究尋，後既多時，頗以為異。

一日，伺其將出，佩即潛往窺之。見乘馬出延興門，馬行空中，佩驚問行者，皆不見。佩又隨至城東墓田中，巫者陳設酒殽，瀝酒祭地。即見婦人下馬，就接而飲之。其女僮隨後收拾紙錢，載於馬上，即變為銅錢。又見婦人以策畫地，巫者隨指其處曰：「此可以為穴。」事畢，即乘馬而回。佩心甚惡之，歸具告母。

母曰：「吾固知是妖異，為之奈何！」

自是婦人絕不復歸佩家，佩亦幸焉。

後數十日，佩因出南街中，忽逢婦人行李。佩呼曰：「夫人何久不歸？」婦人不顧，促轡而去。明日，使女僮傳語佩曰：「妾誠非匹敵，但以君有孝行相感，故為君婦。太夫人疾得平和，君自請相約為夫婦。今既見疑，便當決矣。」

佩問女僮娘子今安在？女僮曰：「娘子前日，已改嫁孝恭李諮議❼矣。」

佩曰：「雖欲相棄，何其速歟？」

女僮曰：「娘子是地祇，管京兆府三百里內人家喪葬所在，長須在京城中作生人妻，無自居也。」女僮又曰：「娘子終不失所，但嗟九郎福祐太薄，向使娘子長為妻，九郎一家，皆為地仙矣。」盧佩第九也。

校志

本文據《太平廣記》卷三百零六與商務《舊小說》第七集《河東記》校錄，予以分段，並加註標點符號。

第十一段括弧內「佩」字係編者所加，以求文氣通順。

註釋

❶貞元——唐德宗年號。共二十年。自西元七八五至八〇四年。

❷縣丞——唐地方官縣有令，如今日之縣長。其下有丞，如今日之副縣長。

❸別第——主屋以外之屋。如別墅。

❹必取平差——平、平復。差、病癒也。

❺小瘳——瘳、疾癒也。

❻取藥一刀圭——刀圭、量藥之具。約一梧桐子大小。

❼孝恭李諮議——不知何許人！

十二、党國清

晉陽❶東南二十里，有臺駘廟❷，在汾水旁。元和❸中，王愕鎮河東❹時，有里民党國清者，善建屋。一夕，夢黑衣人至門。謂國清曰：「臺駘神召汝。」隨之而去。出都門行二十里，至臺駘神廟。廟門外有吏卒數十，被甲執兵，羅列左右。國清恐悸不敢進。

使者曰：「子無懼。」

已而入謁，見有兵士百餘人，傳導甚嚴。既再拜。臺駘神召國清升階曰：「吾廟宇隳漏❺，風日飄損，每天雨，即吾之衣裾❻几席沾濕。且爾為吾塞其罅隙❼，無使有風雨之苦。」

國清曰：「謹受命。」於是摶塗登廟舍❽，盡補其漏。既畢，神召黑衣者送國清還。出廟門西北而去。

未行十里，忽聞傳呼之聲，使者與國清俱匿於道左。俄見百餘騎自北而南，執兵設辟者數十。有一人具冠冕紫衣金佩，御白馬，儀狀魁偉，殿後者最衆。

使者曰：「磨笄山神也。以明日會食於李氏之門，今夕故先謁吾君於廟耳。」

國清與使者俱入城門。忽覺目眥澀慘，以手搔之，悸然而寤。

明日，往臺駘廟中，見几上有屋壞泄雨之跡。視其屋果有補葺之處。及歸，行未六七里，聞道西村堡中有簫鼓聲，因往謁焉。見設筵，有巫者呼舞，乃醮神也。國清訊之，曰：「此李氏之居也。李存古嘗為衙將，往年范司徒罪其慢法，以有軍功故。宥其死，擯於鴈門郡。鴈門有磨笄山神，存古常禱其廟，願得生還。近者以赦獲歸，存古謂磨笄山神[9]所佑，於是醮之。」果與國清夢同也。

校志

一、本文據《廣記》卷三百零七與商務《舊小說》第七集《河東記》校錄，予以分段，並加註標點符號。

註釋

❶晉陽——今山西太原。
❷臺駘廟——臺駘，神名。汾水之神。
❸元和——唐憲宗年號。計十五年。自西元八〇六至八二〇年。
❹河東——唐河東節度使，治設太原。
❺廟宇隳漏——隳、音輝。毀壞。
❻衣裾——裾、衣服前後幅垂下的部份。
❼塞其罅隙——罅、音夏。瓦器的裂縫。罅隙、裂縫。
❽摶塗登廟舍——挾了塗料登上廟舍補漏。
❾磨笄山神——磨笄山、不知在何處。應該是雁門附近。

十三、柳澥

柳澥少貧，遊嶺表❶。廣州節度使孔戣遇之甚厚。贈百餘金，諭令西上。遂與秀才嚴燭曾黯數人，同舟北歸。

至陽朔縣❷南六十里，方博於舟中，忽推去博❸局，起離席，以手接一物。初視之，若有人投刺者❹。即急命衫帶❺，泊舟而下，立於沙岸，拱揖而言曰：「澥幸得與諸君同事，符命雖至，當須到桂州❻，然議行李，君宜前路相候。」

曾、嚴見澥之所為，不覺懍然。亦皆肸蠁如有所覩❼。澥即卻入舟中偃臥。吁嗟良久。謂二友曰：「僕已受泰山主簿，向者車乘吏從畢至，已與約至桂州矣。」

自是無復笑言。亦無疾，但每至夜泊之處，則必箕踞而坐❽，指揮處分，皆非生者所為。陽朔去州尚三日程，其五十灘，常須舟人盡力乃過，至是一宿而至。澥常見二紫衣具軍容執鎚驅百餘卒在水中，推挽其舟❾。澥至桂州，修家書纔畢而卒。時唐元和十四年八月也。

校志

一、本文據《太平廣記》卷三百零八暨商務《舊小說》第七集《河東記》校錄，予以分段，並加註標點符號。

二、本書第七篇〈李敏求〉述說他屢試不中，夢入陰曹，遇見好友已任冥官太山府判官的柳澥。本篇說澥任泰山主簿。兩個故事放在一齊看，把人鬼之隔的情形寫得煞有介事。

註釋

❶嶺表——謂五嶺以南之地。即嶺南。唐嶺南道，治設番禺。即今之廣州。

❷陽朔縣——在今桂林之南。

❸博——賭博。

❹若有人投刺者——似乎有人送上拜帖。

❺急命衫帶——急急吩咐衣裳冠帶。意思是要見客。或拜會長輩。

❻桂州——當係桂林。

❼肸蠁如有所覩——肸、音迄。有「靈感相通」之意。
❽箕踞而坐——伸其兩腳而坐。
❾推挽其舟——從後面推，自前面挽。拉。
❿元和十四年八月——元和、唐憲宗年號。共十五年。十四年為西元八一九年。

十四、王錡

天興丞❶王錡，寶歷❷中嘗遊隴州❸。道憩於大樹下❹，解鞍藉地而寢。忽聞道騎傳呼❺自西來，見紫衣乘車，從數騎，敕左右❻曰：「屈王丞來。」

引錡至，則帳幄陳設已具。與錡坐語良久。

錡不知所呼❼，每承言，即淝洄鹵莽❽。

紫衣覺之。乃曰：「某潦倒。一任二十年，足下要相呼，亦可謂為王耳。」

錡曰：「未諭大王何所自？」

曰：「恬❾昔為秦築長城，以此激功，屢蒙重任。洎始皇帝晏駕，某為群小所構，橫被誅夷。上帝仍以長城之役，勞功害名，配守吳嶽。當時吳山有嶽號，衆咸謂某為王。其後嶽職卻歸於華山。某罰配年月未滿，官曹移，便無所主管。但守空山，人跡所稀，寂寞頗甚。又緣已被虛名，不能下就小職，遂至今空窃假王之號。偶此相遇，思少從容❿。」

錡曰：「某名跡幽沉，質性孱懦⓫，幸蒙一顧之惠，不知何以奉教？」

恬曰：「本緣奉慕，顧展風儀⓬何幸遽垂厚意，誠有事。則又如何？」

錡曰：「幸甚！」

恬曰：「久聞散，思有以效用。如今士馬，處處有主。不可奪他權柄。此後三年，興元當有八百人無主健兒。若早圖謀，必可將領。所必奉託者，請致紙錢萬張。某以此藉手，方諧矣⓭。」

錡許諾而寤，流汗霢霂⓮，乃市紙萬張以焚之。

及大和四年，興元節度使李絳遇害。後節度使溫造，誅其凶黨八百人。

校志

一、本文據《太平廣記》卷三百一十及商務《舊小說》第七集《河東記》校錄，予以分段，並加註標點符號。

二、本文所說李絳、溫造，實有其人，《新舊唐書》都有傳。李絳被殺，溫造坑卒，且都是實事。茲將兩唐書所載李絳與溫造事蹟抄附於後。以供讀者參閱。

李絳字深之。唐文宗立，召為太常卿。以檢校司空為山南西道節度使。大和四年，南蠻寇蜀，詔絳募兵千人往赴。不半途，蠻已去，兵還。監軍使楊叔元素疾絳，遣人迎說軍曰：「將收幕直而還為民。」士皆怒，乃譟而入，劫庫兵，絳遂遇害。年六十七。（《新唐書》卷一百五十二本傳）

溫造字簡輿，河內人。……大和四年，興元軍亂，殺節度使李絳。文宗以造氣豪嫉惡，乃授檢校右散騎常侍。興元，山南西道節度使。造設計，殺賊首教練使丘鑄等并官健千人。親刃絳者，斬一百斷。楊叔元配流康州。（《舊唐書》卷一百六十五本傳。）

註釋

❶天興丞——天興縣丞，丞、副縣長。

❷寶曆——敬宗年號。共二年。西元八二五至八二六年。

❸隴州——今陝西省隴縣。

❹道憩於大樹下——在大樹下休息。

❺道騎傳呼——開道喝叫的聲音。

❻敕左右——吩咐左右侍候的吏卒。敕、音飭。

❼不知所呼——不知如何稱呼。

❽徘徊鹵莽——在此有「含含糊糊」的意思。

❾恬——音甜。蒙恬，祖、父俱為秦大將，略地甚多。恬亦為將，率兵攻齊，大破之，拜為內史。始皇使蒙恬將三十萬兵北逐戎狄，收河南，築長城。二世立，聽趙高之讒，殺蒙毅，蒙恬的兄弟。又派人殺蒙恬。恬吞藥而死。（《史記》本傳）

❿思少從容——想放鬆一下。閑聊一下。

⓫質性孱懦——質孱、性懦。意謂身體孱弱，性格羞怯。

⓬本緣奉慕，願展風儀——本來仰慕，親見一展高風儀貌。

⓭方諧矣——才能夠成事。諧、成功。

⓮霢霂——小雨。

十五、馬朝

馬朝者，天平軍步卒也。

太和❶初，滄州李同捷叛，詔鄆師討之❷，朝在是行。至平原南，與賊相持累旬。朝之子士俊，自鄆餽食，隨至軍中，會戰有期。

朝年老，啓其將曰：「長男士俊，年少有力，又善弓矢。來日之行，乞請自代。」主將許之。

及戰，鄆師小北，而士俊連中重瘡❸，仆於戰場，夜久得蘇。忽有傳呼，語言頗類將吏十數人者，且無燭。士俊窺之不見，但聞按據簿書，稱點名姓。俄次士俊，則呼馬朝。

傍有人曰：「不是本身，速令追召❹。」言訖遂過。及遠，猶聞其檢閱未已。士俊惶惑，力起涂歸。四更方至營門，營吏納之，因扶持送至朝所。朝謂其已死，及見驚喜，即洗瘡傅藥❺。乃曰：「汝可飲少酒粥，以求寢也。」即出汲水。

時營中士馬極衆，每三二百人，則同一井。井及周圓百步，皆為隧道，漸以及泉，蓋衆人得以環汲也。時朝以罌缶❻汲水，引重之際，泥滑顛仆於地。地中素有折刃，朝心正貫其刃。久而士俊懼其未迴，告於同幕者，及到，則已絕矣。

士俊旬日乃愈。

校志

一、本文據《太平廣記》卷三百一十校錄，予以分段，並加註標點符號。

註釋

❶太和——唐文宗年號。共九年。自公元八二七至八三五年。

❷滄州李同捷叛，詔鄆師討之——據《新唐書》卷八〈敬宗本紀〉載：「寶曆二年（八二六）四月，橫海軍節度使李全略卒，其子同捷反。」太和元年為八二七年。按：同捷父全略死後，同捷領留後事。重賂臨藩，求領父節。敬宗持久詔不下。俄而文宗立，有詔拜党海節度使，以烏重胤代之。同捷計窮，矯言軍中留己。朝廷下詔削官爵，命重胤率鄆、齊兵進討。（《新唐書》卷二百一十三本傳）

❸連中重瘡——受傷也叫「瘡」。連連重傷也。

❹不是本身，速令追召——因為不是馬朝本人，故速令追召馬朝。

❺洗瘡傅藥——洗乾淨傷口，敷上傷藥。

❻罌缶——瓶之大腹小口者。

十六、韓弇

河中❶節度使侍中渾瑊。與西蕃❷會盟。蕃戎背信，掌書記韓弇遇害。弇素與櫟陽尉李績友。因晝寢❸，忽夢弇被髮披衣，面目盡血。績初不識，乃稱姓名，相勞勉如平生。謂績曰：「今從禿髮大使填漳河，憔悴困辱不可言，間來奉詣耳，別後有一詩奉呈。」悲吟曰：

我有敵國讎，無人可為雪。每至秦隴頭，遊魂自嗚咽。

臨別謂績曰：「吾久飢渴，君至明日午時，於宅西南為置酒饌錢物，亦平生之分盡矣。」績許之。

及寤，悲愴涕旦。至午時，如言祭之，忽有黑風自西來，旋轉筵上，飄卷紙錢及酒食，皆飛去。舉邑人觀之。時貞元四年。

校志

一、本文據《太平廣記》卷三百四十與商務《舊小說》第七集《河東記》校錄，予以分段，並加註標點符號。

二、渾瑊屬鐵勒九部的渾部人，世為皋蘭都督。《新唐書》卷七〈德宗本紀〉載：「貞元三年閏五月辛未，渾瑊及吐番盟於平涼。吐番執會盟副使、兵部尚書崔漢衡、殺判官、殿中侍御史韓弇。」韓弇為韓愈族兄，確死於吐番之背盟。吐番音突播，即今之西藏。英文猶稱Tibet，音譯。

註釋

❶河中——唐置河中府。故治在今山西省永濟縣。以其地當汾河與黃河之中，故曰河中。

❷西蕃——吐番，即今之西藏。

❸弇素與櫟陽尉李績友。因晝寢……——櫟陽尉素與韓弇為友，因晝寢……。晝寢的主詞是李績。依照原文，似乎晝寢者反而是韓弇了！

十七、韋浦

韋浦者，自壽州士曹赴選❶。至閿鄉❷逆旅，方就食。忽有一人前拜曰：「客歸元昶，常力鞭轡之任，願備門下廝養卒❸。」

浦視之，衣甚垢，而神彩爽邁❹，因謂曰：「爾何從而至。」

對曰：「某早蒙馮六郎職在河中，歲月頗多，給事亦勤，甚見親任。昨六郎絳州軒轅四郎同至此，求卞判官買腰帶，某於其下丐茶酒直，遂有言語相及。六郎謂某有所欺，斥留於此。某傭賤，復尠資用❺，非有符牒，不能越關禁❻。伏知二十二郎將西去❼，某因而獲歸，為願足矣。或不棄頑下，終賜鞭驅，小人之分，又何幸焉。」

浦許之。食畢，乃行十數里，承順指顧，無不先意❽，浦極謂得人。俄而憩於茶肆，有扁乘數十適至，方解韁縱牛，齕草路左。歸趨過牛羣，以手批一牛足，牛即鳴痛不能前。主初不之見，遽將求醫，歸謂曰：「吾常為獸醫，為爾療此牛。」即於牆下捻碎土少許，傅牛腳上。因疾驅數十步，牛遂如故。衆皆興嘆。

其主乃買茶二斤，即進於浦曰：「庸奴幸蒙見諾，思以薄伎所獲，傚獻芹者❾。」浦益憐之。

次於潼關，主人有稚兒戲於門下。乃見歸以手拴其背❿，稚兒即驚悶絕，食頃不寤。主人曰：「是狀為中惡疾，呼二娘，久方至。二娘，巫者也，至則以琵琶迎神。欠嚏良久，曰：「三郎至矣，傳語主人，此客鬼為祟，吾且錄之矣。」言其狀與服色，眞歸也。又曰：「若以蘭湯浴之，此患除矣。」如言而稚兒立愈。

浦見歸所為，已惡之。及巫者有說，呼則不至矣。

明日又行次赤水西⓫，路旁忽見元昶破弊紫衫，有若負而顧。步甚重。曰：「某不敢以為羞恥，便不見二十二郎。某客鬼也。昨日之事，不敢復言。已見責於華嶽神君。巫者所云三郎，即金王也⓬。某為此界，不果閑行⓭，受笞⓮至重。方見二十二郎，到京當得本處縣令，無足憂也，他日亦此佇還車耳⓯。」

浦云：「爾前所說馮六郎等，豈皆人也？」

歸曰：「馮六郎名夷，即河伯⓰，軒轅天子之愛子也。下判官名和⓱，即昔刖足者也。善別寶，地府以為荊山玉使判官，軒轅家奴客。小事不相容忍，遽令某失馮六郎意，今日迍躓⓲，實此之由。」

浦曰：「馮何得第六？」

曰：「馮水官也，水成數六耳。故黃帝四子，軒轅四郎，即其最小者也。」

浦其年選授霍丘令，如其言，及赴官至此，雖無所覩，肸蠁⑲如有物焉。

校志

一、本文據《太平廣記》卷三百四十一與商務《舊小說》第七集《河東記》校錄，予以分段，並加註標點符號。

註釋

❶壽州士曹赴選——壽州，今安徽省壽縣。士曹、州有士曹參軍，掌工役之事。視上州下州之分。官品為從七品下至從八品下。赴選、任滿赴調選。

❷閿鄉——閿、音文。今安徽閿縣。

❸常力鞭轡之任，願備門下廝養卒——常任執鞭隨轡之工作，願在手下任執賤役者（即廝養卒）。

❹爽邁——清快勉力的樣子。

❺ 尠資用——缺乏盤纏。尠、尟俗字。音鮮。

❻ 非有符牒，不能越關禁——好似今日過關口要通行證。身份證。

❼ 二十二郎將西去——昔時同一房的堂兄弟好排行在一起。我的曾祖父有五兄弟。祖父堂兄弟多人。五大房兄弟合起來算，排行十五。人都稱十五老爺。二十二郎即指韋浦。韋在唐時是大族。人口眾多。韋浦同祖父或同曾祖父的堂兄弟相當多，他排行在第二十二。

❽ 承順指顧，無不先意——很能聽從指使。而且很能會意。

❾ 獻芹——芹、薄禮。呈上薄禮。

❿ 挃其背——挃、撞。用手撞小孩的背。

⓫ 赤水西——赤水，在陝西省宜昌縣。按赤水有數處，或為水名。或為地名。恐此文所指之赤水。應在陝西。所以，歸元昶有為「華嶽神君見責」之語。華嶽、華山，即在陝西。

⓬ 巫者所云三郎，即金王也——不知是什麼神人！

⓭ 某為此界，不果閑行——我因為受限，不能隨便行動。

⓮ 笞——音癡。以杖決打。

⓯ 他日亦此佇還車耳——「將來也在此地等候（您）回車經過。」佇、音注。盼望。

⓰ 馮夷——水神名。即河伯。

⓱ 卞和——春秋楚人，得荊山玉，獻給楚王。王認是普通石頭，謂卞和欺騙，施以刖刑。即斬去雙足。

⓲ 迍邅——困頓。

⓳ 肸蠁——肸、音迄。肸蠁如有物焉：彷彿有東西在左右。肸蠁、本謂燒香的香氣瀰漫，似乎鬼神來饗。

十八、鄭馴

鄭馴，貞元中進士擢第❶，調補門下典儀❷，莊居在華陰❸縣南五六里，為一縣之勝。馴兄弟四人，曰駟、駒、騊。騊與馴，有科名時譽。縣大夫洎邑客，無不傾嚮之。

馴與渭橋給納判官高叔讓中外相厚，時往求丐，高為設鱠食❹。其夜，暴病霍亂而卒。時方暑，不及候其家人，即為具棺槨衾襚❺斂之。冥器奴馬，無不精備❻。題冥器童背，一曰鷹兒，一曰鶻子。馬有青色者，題云撒豆驄。十數日，柩歸華陰別墅。

時邑客李道古遊虢川❼半月矣，未知馴之死也。回至潼關西永豐倉路，忽逢馴自北來，車僕甚盛。李曰：「別來旬日，行李何盛耶？」

（馴）色氣忻然。謂李曰：「多荷渭橋老高所致。」即呼二童：「鷹兒、鶻子，參李大郎。」

（李）戲謂曰：「明時文士，乃蓄鷹鶻！❽」

馴又指所乘馬曰：「兼請看僕❾撒豆驄。」

李曰：「僕頗有羨色如何？」
馴曰：「但勤修令德，致之何難。」乃相與並轡至野狐泉。李欲留食，馴以馬策過，曰：「去家咫尺，何必食為。」
有頃，到華陰岳廟東，馴揖李曰：「自此逕路歸矣。」
李曰：「且相隨至縣，幸不迴路。」
馴曰：「僕離家半月，還要早歸。」固不肯過岳廟。
須臾，李至縣，問吏曰：「令與諸官何在？」
曰：「適往縣南慰鄭三十四郎矣。」
李曰：「慰何事？」
吏曰：「鄭三十五郎今月初向渭橋亡，神柩⑩昨夜歸莊耳。」
李輾然曰：「我適與鄭偕自潼關來。」
一縣吏人皆曰：「不虛。」李愕然，猶未之信。即策馬疾馳，往鄭莊，中路逢縣吏崔頻、縣丞裴懸、主簿盧士瓊、縣尉莊儒及其弟莊古，邑客韋納、郭存中，並自鄭莊回。立馬敘言，李乃大驚，良久方能言，且憂身之及禍。
後往來者，往往於京城中鬧處即逢，行李僕馬，不異李之所見，而不復有言。

校志

一、本文據《太平廣記》卷三百四十一校錄，予以分段，並加註標點符號。

註釋

❶貞元中進士擢第——《登科記考》卷二十七。鄭馴列在進士科。惟未敘明及第年月。貞元，唐德宗年號。共二十年。自西元七八五至八〇四年。

❷典儀——門下省有典儀二人，從九品下。（《唐書》卷四十七〈百官志二〉。）

❸華陰——在潼關縣西，華山之北。故名華陰。今陜西華陰縣。

❹鱠食——細切魚肉曰鱠。音快。

❺襚——贈死者之衣衾曰襚。

❻冥器奴馬，無不精備——紙紮的奴婢馬匹，都是經過精挑細選的，燒給死者。因都在冥世使用，故曰冥器。

❼虢川——亦在陜西境內。

❽鷹鶻——即隼。都是打獵用的鳥。

❾僕——謙稱的「我」。日文至今用之：自稱「僕」，稱對方「君」。

❿柩——盛有屍體的棺材。

十九、成叔弁

元和十三年❶，江陵編戶成叔弁❷，有女曰興娘，年十七。忽有媒氏詣門❸云：「有田家郎君，願結姻緣，見在門。」

叔弁召其妻共窺之，人質頗不愜❹。即辭曰：「興娘年小，未辦資裝。」

門外聞之，即趨入曰：「擬田郎參丈人丈母❺。」

叔弁不顧，遽與妻避之。

田奴曰：「田四郎上界香郎❻，索爾女不得耶？」即笑一聲，便有二人，自空而下。曰：「相呼何事？」田曰：「成家見有一女，某今商量，確然不可，二郎以為何如？」

二人曰：「彼固不知，安有不可？幸容言議。況小郎娘子魂識，已隨足下，慕足下深矣。黎庶❼何知，不用苦怪。」

言訖，而興娘大叫於房中曰：「嫁與田四郎去。」

叔弁既覺非人，即下階辭曰：「貧家養女，不喜觀矚❽。四郎意旨，敢不從命。但且坐，與媒氏商量，無太匆匆也。」

四人相顧大笑曰：「定矣。」

叔弁即令市果實，備茶餅，就堂垂簾而坐。

媒氏曰：「田家意不美滿，四郎亦太匆匆。今三郎君總是詞人，請聯句一篇然後定。」眾皆大笑樂。曰：「老嫗但作媒，何必議他聯句事？」

媒氏固請。田郎良久乃吟曰：「一點紅裳出翠微，秋天雲靜月離離。」田請叔弁繼之。

叔弁素不知書，固辭，往復再四。

食頃，忽聞堂上有人語曰：「何不云，『天曹使者徒回首，何不從他九族卑。』」

言訖，媒與三人絕倒大笑曰：「向道魔語，今欲何如？」

四人一時趨出，不復更來。

其女若醉人狂言，四人去後，亦遂醒矣。

校志

一、本文據《太平廣記》卷三百四十四校錄，予以分段，並加註標點符號。

二、此文甚為簡略，言有未盡。可能有闕文。

註釋

❶元和——唐憲宗年號。共十五年。十三年，約當西元八一八年。

❷江陵編戶成叔弁——江陵、今湖北江陵縣。編戶、居民。

❸詣門——上門。到門。

❹人質頗不愜——其人品質頗不中意。不喜歡。

❺擬田郎參丈人丈母——有如說：「准女婿拜見岳父岳母。

❻上界香郎——可能是上界童僕之類。

❼黎庶——庶民。普通老百姓。

❽貧家養女，不喜觀矚——小家碧玉，怕人觀看。

二十、送書使者

昔有送書使者，出蘭陵坊西門，見一道士，身長二丈餘，長鬚危冠❶，領二青裙❷，羊髻❸，亦長丈餘❹，各擔二大籠。籠中數十小兒，啼者笑者，兩兩三三，自相戲樂。既見使者，道士回顧羊髻曰：「庵庵。」

羊髻應曰：「納納。」

籠中小兒齊聲曰：「嘶嘶。」

一時北走，不知所之。

校志

一、本文據《太平廣記》卷三百四十六校錄，予以分段，並加註標點符號。

二、本文甚短，應屬志怪，不似傳奇。其中庵庵、納納、嘶嘶都沒意義！

三、本文也沒敘及時間。

註釋

❶長髯危冠——長長的鬍鬚，高高的帽子。

❷青裙——青衣。奴僕之類。

❸羊髻——把頭髮盤在頭上叫髻。羊髻，當時的一種髮型。

❹亦長丈餘，是說兩個青裙也都有一丈多高。

二十一、戚夏

上都安邑坊十字街東，有陸氏宅，制度古醜，人常謂凶宅。後有進士戚夏者，僦居其中，與其兄咸嘗晝寢，忽夢魘，良久方寤。曰：「始見一女人，綠裙紅袖，自東街而下。弱質纖腰，如霧濛花。」收泣而云：「聽妾一篇幽恨之句。」其辭曰：「卜得上峽日，秋天風浪多。江陵一夜雨，腸斷木蘭歌。」

校志

一、本文據《太平廣記》卷三百四十六校錄，予以分段，並加註標點符號。

二、王漁洋的《唐人萬首絕句選》中錄有此詩，作者是「安邑坊女子」。其第二句為「長江風浪多。」

三、此文十分簡短，不著時間，也是近於志怪的作品。

二十二、踏歌鬼

長慶中❶，有人於河中❷舜城北鸛鵲樓下見二鬼。各長三丈許，青衫白袴，連臂踏歌。歌曰：

河水流溷溷❸，山頭种蕎麥。兩個胡孫❹門底來，東家阿嫂決一百❺。

言畢而沒。

校志

一、本文據《太平廣記》卷三百四十六校錄，予以分段，並加註標點符號。

註釋

❶長慶——唐穆宗紀年，自西元八二一至八二四年。

❷河中——今山西省永濟縣。以其地處汾河與黃河之間，故名河中郡。

❸溷溷——溷、音ㄏㄨㄣˋ。亂、廁、豬欄。溷溷：亂亂的。

❹胡孫——猢猻。

❺決一百——判決打一百下。

二十三、盧燕

長慶❶四年冬，進士盧燕，新昌里居。晨出坊北街，槐影扶疏❷，殘月猶在，見一婦人，長三丈許，衣服盡黑。驅一物，狀若羝羊❸，亦高丈許，自東之西。燕惶駭卻走❹。婦人呼曰：「盧五，見人莫多言。」竟不知是何物也。

校志

一、本文據《太平廣記》卷三百四十六校錄，予以分段，並加註標點符號。

二、本文甚短，略似志怪。不像傳奇。

註釋

❶長慶——唐穆宗年號，只四年。自西元八二一至八二四年。

❷槐影扶疏——扶疏、枝葉繁茂貌。

❸羝羊——牡羊。

❹惶駭卻走——卻、退卻。害怕得向後退走。

二十四、韋齊休

韋齊休，擢進士第，累官至員外郎❶，為王璠浙西團練副使。太和八年，卒於潤州❷之官舍。三更後，將小斂，忽於西壁之下大聲曰：「傳語娘子，且止哭，當有處分。」

其妻大驚，仆地不蘇。

齊休於衾下厲聲曰：「娘子今為鬼妻，聞鬼語，忽驚悸耶❸？」

妻即起曰：「非為畏悸，但不合與君遽隔幽明❹，孤惶無所依怙❺。不意神識有知，忽通言語，不覺惛❻絕，誠俟明教，豈敢有違！」

齊休曰：「死生之期，涉於真宰❼。夫婦之道，重在人倫。某與娘子，情義至深，他生亦未相捨。今某屍骸且在，足寬懷抱，家事大小，且須商量，不可空為兒女悲泣，使某幽冥間更憂妻孥也。夜來諸事，並自勞心，總無失脫，可助僕喜。」

妻曰：「何也？」

齊休曰：「昨日湖州庾七寄買口錢，蒼遑之際❽，不免專心部署。今則一文不欠，亦足為慰。」良久語絕，即各營喪事。纔曙，復聞呼。「適到張清家，近造得三間草堂，前屋舍自足，不煩勞他人更借下處矣！」

其夕，張清似夢中。忽見齊休曰：「我昨日已死，先令買塋三畝地，可速支關布置。」一一分明，張清悉依其令。及將歸，自擇發日。呼喚一如常時。婢僕將有私竊，無不發摘，隨事捶撻。及至京，便之塋所。張清準櫬❾皆畢。

十數日，向三更，忽呼其下曰：「速起，掃堂前，蕭三郎來相看，可隨事具食。款待如法，妨他忙也。」二人語，歷歷可聽。

蕭三郎者，即職方郎中蕭徹❿，是日卒於興化里。其夕遂來。

俄聞蕭呼歎曰：「死生之理，僕不敢恨。但可異者，僕數日前因至少陵別墅，偶題一首詩。今思之，乃是生作鬼詩。」

因吟曰：

新構茅齋野澗東，松楸交影足悲風。

人間歲月如流水，何事頻行此路中？

齊休亦悲咤曰：「足下此詩，蓋是自讖⓫。僕生前忝有科名，粗亦為人所知。死未數日，便有一無名小鬼贈一篇，殊為著鈍⓬，然雖細思之，已是落他蕪境。」乃詠曰：

澗水濺濺流不絕，芳草綿綿野花發。

自去自來人不知，黃昏惟有青山月。

蕭亦歎羨之曰：「韋四公死已多時，猶不甘此事，僕乃適來人也，遽為遊岱之魂，何以堪處！」

即聞相別而去。

又數日，亭午間，呼曰：「裴二十一郎來慰，可具食，我自迎去。」其日，裴氏昆季果來。至啓夏門外，猝然神聳。又素聞其事，遂不敢行弔而回。裴即長安縣令，名觀，齊休之妻兄也。其部曲子弟，動即罪責，不堪其懼，及今未已，不知竟如之何！

校志

一、本文據《太平廣記》卷三百四十八校錄，予以分段，並加註標點符號。

二、或謂韋齊休過世時間應是文宗太和六年（八三二年）經查《舊唐書》卷一百六十九〈王璠傳〉載（按。文宗太和共九年，自西元八二七至八三五年。）（璠）（太和）六年八月，檢校禮部尚書、潤州刺史、浙西觀察使。八年，李訓得幸，累薦於上，召還，復拜右丞。

新書卷第一百四本傳僅載：

進左丞，判太常卿事，出為浙西觀察使。

未標明年月。韋齊休太和八年卒於潤州。王璠六年八月至八年？月在浙西觀察使任內，齊休任團練副使，時間上似無不妥。

三、韋齊休——《登科記考》卷二十七：即據本文注登科年。

註釋

❶員外郎——唐制：一部尚書之下，有左右侍郎。而後郎中，再下為員外郎。

❷潤州——今之江蘇省鎮江市。

❸忽驚悸耶——疑是「忽驚悸也」之誤。

❹遽隔幽明——幽、陰間。明、陽間。忽然人鬼相隔。

❺孤惶無所依怙——怙、持。孤單惶恐，無有依靠。

❻惛——心裡不明白。

❼死生之期，涉於真宰——死生有命，由上天作主。

❽蒼遑之際——蒼、通倉。蒼遑、倉皇。悤遽貌。

❾櫬——棺材。

❿蕭徹——不知何許人。他和韋齊休名均不見《郎官石柱題名考》中。

⓫自識——音趁、未來禍福的預言。自識、自己「一語成讖」。

⓬殊為著鈍——意義不明。

二十五、段何

進士段何，僦居❶客戶里。大和八年❷夏臥疾，逾月小愈。晝日因力櫛沐，憑几而坐❸。忽有一丈夫，自所居壁縫中出，裳而不衣❹，嘯傲立于何前。熟顧何曰：「疾病若此，胡不娶一妻？俾侍疾，忽爾病卒，則如之何？」

何知其鬼物。笑曰：「某舉子貧寒，無意婚娶。」

其人曰：「請與君作媒氏，今有人家女子，容德可觀，中外清顯❺，姻屬甚廣，自有資從，不煩君財聘❻。」

何曰：「未成名，終無此意❼。」

其人又曰：「不以禮亦可矣❽，今便與君迎來。」其人遂出門，須臾復來。曰：「至矣。」俄有四人負金璧輿❾，從二青衣❿，一雲髻，一半髻，皆絕色。二蒼頭持裝奩衣篋⓫，直置輿於階前。

媒者又引入閤中，垂幃掩戶⓬，復至何前。曰：「迎他良家子來，都不為禮，無乃不可乎？」

何惡之，兼以困憊，就枕不顧。

媒又曰：「縱無意收採，第試一觀⑬。」如是說諭再三，何終不應。

食頃，媒者復引出門，輿中者乃以紅箋題詩一篇，置何案上而去。其詩云：

樂廣⑭清羸經幾年，姹娘⑮相託不論錢。輕盈妙質歸何處，惆悵碧樓紅玉田。

其書跡柔媚，亦無姓名。紙末唯書一我字。何自此疾病日退。

校志

一、本文據《太平廣記》卷三百四十九與商務《舊小說》第七集《河東記》校錄，予以分段，並加註標點符號。

二、本文雖短但有人物，剛正的段何、有敘述、有詩歌、已具備傳奇的型態了。

註釋

❶賃居——租房子住。
❷大和八年——大和、唐文宗年號。計九年。自西元八二七至八三五年。
❸因力櫛沐，憑几而坐——因致力梳洗，不免累了，靠著茶几坐著。
❹裳而不衣——裳是下衣。衣是上衣。只穿了下衣。
❺中外清顯——本家和親戚都身居清要之官。
❻自有資從，不煩君財聘——自己有財產，有僕從，不煩你化錢給聘金。
❼未成名，終無此意——「沒有及第之前，終究沒有成家的意思。」唐進士考取了，叫「成名」。
❽不以禮亦可矣——不必行結婚禮也可以。
❾俄有四人負金壁輿——四人抬了一架豪華的轎子來。輿、轎子。
❿青衣——女婢。丫頭。
⓫二蒼頭持裝奩衣篋——兩個男僕拿著裝奩、衣箱等。
⓬垂幃掩戶——放下帳帷，關上門。
⓭縱無意收採，第試一觀——縱然無意採納，但請看看。
⓮樂廣——晉人字彥輔。官太子舍人。女適衛玠。時有「婦翁冰清、女婿玉潤」之語。
⓯姹娘——姹女、少女。姹娘、年少的姑娘。

二十六、蘊都師

經行寺僧行蘊，為其寺都僧❶，嘗及初秋，將備盂蘭會❷，洒掃堂殿，齊整佛事。見一佛前化生❸，姿容妖冶，手持蓮花，向人似有意。師因戲謂所使家人曰：「世間女人，有似此者，我以為婦。」

其夕歸院，夜未分，有款扉者❹曰：「蓮花娘子來。」

蘊都師不知悟也，即應曰：「官家法禁極嚴，今寺門已閉，夫人何從至此？」

既開門，蓮花及一從婢，妖資麗質，妙絕無論❺。謂蘊都師曰：「多種中無量勝因，常得親奉大圓正智❻。不謂今日聞師一言，忽生俗想，今已謫為人。當奉執巾缽❼，朝來之意，豈遽忘耶？」

蘊都師曰：「某信愚昧，常獲僧戒，素非省相識❽，何嘗見夫人，遂相紿❾也。」

對曰：「師朝來佛前見我，謂家人曰：『儻貌類我，將以為婦。』言猶在耳，我感師此言，誠願委質❿。」因自袖中出化生曰：「豈相紿乎？」

蘊師悟非人，迴惶之際，蓮花即顧侍婢曰：「露仙可備帷幄。」露仙乃陳設寢處，皆極華美。蘊雖該異，然心亦喜之，謂蓮花曰：「某便誓心矣，但以僧法不容久居寺舍，如何？」蓮花大笑曰：「某天人，豈凡識所及，且終不以累師。」遂綢繆敘語，詞氣清婉。俄而滅燭，童子等猶潛聽伺之。

未食頃，忽聞蘊失聲，冤楚頗極。遽引燎照之，至則拒戶闔，禁不可發。但聞狺牙齒䶩嚼骨之聲，如胡人語音而大罵曰：「賊禿奴，遣爾辭家剃髮，因何起妄想之心？假如我真女人，豈嫁與爾作婦耶？」於是馳告寺衆，壞垣以窺之，乃二夜叉也。鋸牙植髮，長比巨人哮吼拏攫騰踔⓫而出。

後僧見佛座壁上有二晝夜叉正類所覩「唇吻間猶有血痕焉。」

校志

一、本文據《太平廣記》卷三百五十七與商務《舊小說》第七集《河東記》校錄，予以分段，並加註標點符號。

二、此文似有譏諷之意。

註釋

❶都僧——似是眾僧之長。

❷盂蘭會——佛經「盂蘭盆」，是弟子修孝順者，應念念憶父母乃至於七世父母，年年七月十五日，作盂蘭盆，施佛及僧，以報父母之恩。（盂蘭盆為「倒懸」之意。七月十五施佛及僧，功德無量。可救先亡倒懸之苦。今俗於七月作盂蘭會，誤會為施餓鬼！

❸佛前化生——王建〈宮詞〉：「水拍銀盤看化生。」此處「化生」，係以蠟作嬰兒形，浮水中以為戲。佛前化生，不解何物。

❹有款扉者——款、叩也。有叩門的人。有人叩門。

❺妙絕無論——應是「妙絕無倫」。

❻多種中無量勝因，常得親奉大圓正智——意思是：種善因，得善果。大圓、天也。正智、佛家語。「明了諸法緣起，無有自性，遠離妄想分別，與真如相契會，名為正智。」

❼執巾鉢——僧人都有鉢，化緣之用。意為願作都僧的妻子。

❽素非省相識——從不記得我們曾見過，相識過。

❾相紿——紿、音代。欺騙。相紿、相欺。

❿委質——「質」、形體也。拜則屈膝委身體於地，以明敬奉。」侍候之意。

⓫騰踔——咆哮騰躍而去。

二十七、許琛

王潛之鎮江陵❶也，使院書手許琛❷因直宿❸，二更後暴卒，至五更又蘇。謂其儕曰：「初見二人黃衫，急呼出使院門，因被領去。其北可行六七十里，荊棘榛莽之中，須臾，至一所楔門❹，高廣各三丈餘，橫楣上，大字書標版，曰『鵶鳴國』。二人即領琛入此門，門內氣黯慘，如人間黃昏已後，兼無城壁屋宇，唯有古槐萬萬株，樹上群鵶鳴噪，咫尺不聞人聲。如此又行四五十里許，方過其處。

「又領到一城壁，曹署牙門極偉❺，亦甚嚴肅二人即領過曰：『追得取烏人到。』

「廳上有一紫衣官人，據案而坐，問琛曰：『爾解取鵶否？』

「琛即訴曰：『某父兄子弟，少小皆在使院，執行文案，實不業取鵶。』

「官人即怒，因謂二領者曰：『何得亂次追人？』

「吏良久惶懼伏罪，曰：『實是誤。』

「官人顧琛曰：『即放卻還去。』

「又於官人所坐牀榻之東，復有一紫衣人，身長大，黑色，以綿包頭，似有所傷者，西向坐大繩牀。顧見琛訖，遂謂當案官人曰：『要共此人略語。』即近副堦立，呼琛曰：『爾豈不即歸耶？見王僕射，為我云：武相公傳語僕射，深愧每惠錢物。然皆碎惡，不堪行用，今此有事，切要五萬張紙錢，望求好紙燒之。燒時勿令人觸，至此即完全矣，且與僕射不久相見。』

「言訖，琛唱喏，走出門外。復見二使者卻領迴，云：『我誤追你來，幾不得脫，然君喜當取別路歸也。』琛問：『所捕鴉何用？』

「二人曰：『此國周遞數百里，其間日月所不及，終日昏暗，常以鴉鳴知晝夜。是雖禽鳥，亦有謫罰。其陽道限滿者，即捕來，以備此中鳴噪耳。』

「又問曰：『鴉鳴國空地奚為？』

「二人曰：『人死則有鬼，鬼復有死，若無此地，何以處之？』」

初琛死也，已聞於潛。既蘇復報之。潛問其故，琛所見即具陳白。潛聞之，甚惡即相見之說。然問其形狀，真武相也。潛與武相素善，累官皆武相所拔用，所以常於月晦歲暮，焚紙錢以報之。由是以琛言可驗。遂市藤紙十萬張，以如其請。

琛之鄰而姓許名琛者，即此夕五更暴卒焉。時元和二年四月。至三年正月，王僕射亡矣。

校志

一、本文據《太平廣記》卷三百八十四暨商務《舊小說》第七集《河東記》校錄，予以分段，並加註標點符號。

二、王潛、駙馬都尉王同皎之孫，王繇之子。潛字弘志，得憲宗賞識，拜涇原節度使。穆宗即位，封琅邪郡公，節度荊南。大和初，檢校尚書右僕射，卒於官。贈司空。江陵，今湖北江陵，當時為節度使院治所在。按：大和為文宗年號，共九年，西元八二七至八三五年。元和為憲宗年號，共十五年，由西元八〇六至八二〇年。本文云：「元和三年元月，王僕射亡矣。」他在大和初、即八二幾年還在，如何可能在八〇幾年已去世？小說家之言，不可為準。

註釋

❶江陵：今湖北江陵，荊南府治之所在。

❷使院書手——使院中任抄寫文書的小吏。

❸直宿——值夜。

❹楔門——楔、音屑，門兩旁之木曰楔。

❺曹署牙門極偉——曹、署、均為辦公室。牙門、立軍隊牙旗之處，其門曰牙門。

❻武相公——武元衡字伯蒼，河南維氏人。元和二年正月，拜門下侍郎平章事，兼判戶部。後代高崇文充劍南西川節度使。八年，由蜀歸朝再輔政。九年六月三日，為刺客所害。史官稱他「朗拔精裁，為時羽儀。嫉惡太甚，遭罹不幸。」如此為時羽儀之人，如何會向王潛索十萬紙錢？不解。且元衡元和九年薨，其時，潛不過一朝官而已。他是得憲宗的欣賞才發達的。

❼元和三年正月，王僕射亡矣——王潛大和初，即八二七八年之時任僕射。元和三年，為公元八〇八年。豈能在死後二十年才任僕射？小說家言，不可當真。

二十八、辛察

大和❶四年十二月九日，邊上從事❷魏式。暴卒於長安延福里沈氏私廟中。

前二日之夕，勝業里有司門令史辛察者，忽患頭痛而絕。心上微暖，初見有黃衫人，就其牀以手相就而出。既而返顧本身，則已殭矣。其妻兒等方抱持號泣，噀水灸灼❸，一家倉惶。察心甚惡之，而不覺隨黃衣吏去矣。

至門外，黃衫人踟躕良久，謂察曰：「君未合去，但致錢二千緡❹，便當相捨。」

察曰：「某素貧，何由致此？」

黃衫曰：「紙錢也。」遂相與卻入庭際，大呼其妻數聲，皆不應。

黃衫哂曰❺：「如此不可也。」乃指一家僮，教察以手扶其背，因令達語求錢。於是其家果取紙錢焚之。察見紙錢燒訖，皆化為銅錢。

黃衫乃次第抽拽積❻之，又謂察曰：「一等為惠，請兼致腳直送出城❼。」

察思度良久，忽悟其所居之西百餘步，有一力車傭載者亦常往來。遂與黃衫俱詣其門，門即閉關矣。察叩之，車者出曰：「夜已久，安得來耶？」

察曰：「有客要相顧載錢，至延平門外。」

車曰：「諾。即來。」裝其錢訖。

察將不行，黃衫又邀曰：「請相送至城門。」

三人相引部領，歷城西街，抵長興西南而行。時落月輝輝，鐘鼓將動。

黃衫曰：「天方曙，不可往矣，當且止延福沈氏廟。」遂巡至焉，其門亦閉。黃衫叩之，俄有一女人，可年五十餘，紫裙白襦❽，自出應門。

黃衫謝曰：「夫人幸勿怪，某後日當有公事，方來此廟中。今有少錢，未可遽提去，請借一隙處暫貯收之。後日公事了，即當般取。」女人許之。察與黃衫及車人，共般置❾其錢於廟西北角。又於戶外見有葦席數領，遂取之覆。纔畢，天色方曉，黃衫辭謝而去。

察與車者相隨歸至家，見其身猶為家人等抱持，灸療如故，不覺形神合而蘇。良久，思如夢非夢，乃曰：「向者更何事？」妻具言家童中惡，作君語，索六百張紙作錢以焚之，皆如前事。察頗驚異。

遽至車子家。車家見察曰：「君來正解夢耳。夜來所夢，不似尋常。分明自君家，別與黃衫人載一車子錢。至延福沈氏廟，歷歷如在目前。」

察愈驚駭。復與車子偕注沈氏廟，二人素不至此，既而宛然昨宵行止。即於廟西北角，見一兩片蘆席，其下紙緡存焉。察與車夫，皆識夜來致錢之所。即訪女人守門者曰：「廟中但有魏侍御於此，無他人也。」沈氏有臧獲，亦住廟旁。聞語其事及形狀衣服，乃泣曰：「我太夫人也。」其夕五更，魏氏一家聞打門聲，使候之，即無所見。如是者三四，式意謂之盜。明日宣言於縣胥，求備之。其日式夜邀客為煎餅，食訖而卒。察欲驗黃衫所言公事，嘗自於其側偵之，至是果然矣

校志

一、本文據《太平廣記》卷三百八十五暨商務《舊小說》第七集《河東記》校錄，予以分段，並加註標點符號。

註釋

❶大和——唐文宗年號，共九年，自西元八二七至八三五年。

❷從事——州所自辟的小官吏。

❸噀水炙灼——急救。用水噴，用煙炙。

❹緡——穿銅錢的絲繩。一緡千錢，差役向辛察公然索賄，可惡。

❺哂曰——哂，ㄕㄣˇ。笑。

❻抽拽積——將錢又抽取，又拖出，聚積一處。

❼兼致腳直送出城——腳直，腳力。也就是運費。乾脆連運費都付了吧，把錢運出城去。（一千緡等於一百萬錢！）

❽紫裙白襦——紫袍裙子，白色短襖。

❾般置——搬置。

二十九、崔紹

崔紹者，博陵王玄暐曾孫。其大父武，嘗從事於桂林。其父直，元和初，亦從事於南海。常假郡符於端州，直處官清苦，不蓄羨財，給家之外，悉拯親故。在郡歲餘，因得風疾，退臥客舍，伏枕累年。居素貧，無何。寢疾復久，身謝之日，家徒索然。繇是眷屬輩不克北歸，紹遂孜孜履善，不墮素業。南越會府，有攝官承乏之利，濟淪落羈滯衣冠。紹迫於凍餒，常屈至於此。賈繼宗，外表兄夏侯氏之子，則紹之子壻，因緣還往，頗熟其家。

大和六年，賈繼宗自瓊州招討使改換康州牧，因舉請紹為掾屬。康之附郭縣曰端谿，端溪假尉隴西李彧，則前大理評事景休之猶子。紹與彧，錫類之情，素頗友洽，崔李之居，復隅落相近。彧之家，畜一女貓，常往來紹家捕鼠。南土風俗，惡他舍之貓產子其家，以為大不詳。彧之貓產二子於紹家，紹甚惡之。因命家童，縶三貓於筐篋，加之以石，復以繩固筐口，投之於江。

是後不累月，紹丁所出滎陽鄭氏之喪，解職，居且苦貧。孤孀數輩，饘粥之費，晨暮不充，遂薄遊羊城之郡，丐於親故。大和八年五月八日發康州官舍，歷抵海隅諸郡，至其年九月十六日。達雷州。

紹家常事一字天王，已兩世矣。雷州舍於客館中。其月二十四日，忽得熱疾，一夕遂重，二日遂殛。將殛之際，忽見二人焉，一人衣黃，一人衣皂，手執文帖。云：「奉王命追公。」

紹初拒之，云：「平生履善，不省為惡，今有何事，被此追呼？」

二使人大怒曰：「公殺無辜三人，冤家上訴，奉天符下降，令按劾公。方當與冤家對命，奈何猶敢稱屈，違拒王命？」遂展帖示。紹見文字分明，但不許細讀耳。紹頗畏懼，不知所裁。

頃刻間，見一神人來，二使者俯伏禮敬。神謂紹曰：「爾識我否？」

紹曰：「不識。」

神曰：「我一字天王也，常為爾家供養久矣。每思以報之，今知爾有難，故來相救。」紹拜伏求救。

天王曰：「爾但共我行，必無憂患。」王遂行，紹次之，二使者押紹之後。逾灊廣陌，杳不可知際。

行五十許里，天王問紹：「爾莫困否？」

紹對曰：「亦不甚困，猶可支持三二十里。」

天王曰：「欲到矣。」

逡巡，遙見一城門，牆高數十仞，門樓甚大，有二神守之。其神見天王，側立敬懼。更行五里，又見一城門，四神守之。其神見天王之禮，亦如第一門。又行三里許，復有一城門，其門關閉。天王謂紹曰：「爾且立於此，待我先入。」天王遂乘空而過。

食頃，聞搖鏁之聲，城門洞開，見十神人，天王亦在其間，神人色甚憂懼。更行一里，又見一城門，有八街，街極廣闊，街兩邊有雜樹，不識其名目。有神人甚多，不知數，皆羅立於樹下。八街之中，有一街最大，街西而行，又有一城門，門兩邊各有數十間樓，並垂簾。街衢人物頗衆，車輿合雜，朱紫繽紛，亦有乘馬者，亦有乘驢者，一似人間模樣。此門無神看守。更一門，盡是高樓，不記間數。珠簾翠幕，眩惑人目，樓上悉是婦人，更無丈夫。衣服鮮明，裝飾新異，窮極奢麗，非人寰所覩。其門有朱旗，銀泥畫旗，旗數甚多，亦有著紫人數百。天王立紹於門外，便自入去。使者遂領紹到一廳。使者先領見王，判官既至廳前，見王判官著綠，降階相見，情禮甚厚。而答紹拜，兼通寒暄，問第行，延升階與坐，命煎茶。良久，顧紹曰：「公尚未生。」

紹初不曉其言，心甚疑懼。

判官云：「陰司諱死，所以喚死為生。」催茶，茶到，判官云：「勿喫，此非人間茶。」

逡巡，有著黃人，提一瓶茶來，云：「此是陽官茶，紹可喫矣。」紹吃三　訖，判官則領紹見大王，手中把一紙文書，亦不通入。大王正對一字天王坐。

天王向大王云：「祇為此人來。」

大王曰：「有冤家上訴，手雖不殺，口中處分，令殺於江中。」

天王令喚崔紹冤家，有紫衣十餘人，齊唱喏走出。頃刻間，有一人，著紫襴衫，執牙笏，下有一紙狀，領一婦人來，兼領二子，皆人身而貓首。婦人著慘裙黃衫子，一女子亦然，一男子亦然，著皂衫。三冤家號泣不已，稱崔紹非理相害。

天王向紹言：「速開口與功德。」紹忙懼之中，都忘人間經佛名目，唯記得佛頂尊勝經，遂發願，各與寫經一卷。言訖，便不見婦人等。

大王及一字天王遂令紹升階與坐，紹拜謝大王，王答拜。紹謙讓曰：「凡夫小生，冤家陳訴，罪當不赦，敢望生迴？大王尊重，如是答拜，紹實所不安。」

大王曰：「公事已畢，即還生路。存歿殊途，固不合受拜。」

大王問紹：「公是誰家子弟？」紹具以房族答之。

大王曰：「此若然者，與公是親家，總是人間馬僕射。」

紹即起申敘。馬僕射猶子磻夫，則紹之妹夫。

大王問磻夫安在？

紹曰：「闊別已久，知家寄杭州。」

大王又曰：「莫怪此來，奉天符令勘，今則卻還人道。」便迴顧王判官云：「崔子停止何處？」

判官曰：「便在某廳中安置。」

天王云：「甚好。」

紹復咨啟大王：「大王在生，名德至重，官位極崇，則合卻歸人天，為貴人身，何得在陰司職？」

大王笑曰：「此官職至不易得，先是杜司徒任此職，總濫蒙司徒知愛，舉以自代，所以得處此位，豈容易致哉？」

紹復問曰：「司徒替何人？」

曰：「替李若初。若初性嚴寡恕，所以上帝不遣久處此，杜公替之。」

紹又曰：「無因得一至此，更欲咨問大王。紹聞冥司有世人生籍，紹不才，兼本抱疾，不敢望人間官職。然顧有親故，願一知之，不知可否？」

曰：「他人則不可得見，緣與公是親情，特為致之。」大王顧謂王判官曰：「從許一見之，切須誡約，不得令漏泄。漏泄之，則終身瘖啞。」

又曰：「不知紹先父在此，復以受生？」

大王曰：「見在此充職。」

紹涕泣曰：「願一拜覲，不知可否？」

王曰：「亡歿多年，不得相見。」

紹起辭大王，其一字天王，送紹到王判官廳中。鋪陳贍給，一似人間。判官遂引紹到一瓦廊下，廊下又有一樓，便引紹入門。滿壁悉是金牓銀牓，備列人間貴人姓名。將相二色，名列金牓。將相以下，悉列銀牓。更有長鐵牓，列州縣府僚屬姓名。所見三榜之人，悉是在世人。若謝世者，則隨所落籍。王判官謂紹曰：「見之則可，愼勿向世間說牓上人官職。已在位者，猶可言之。未當位者，不可漏泄，當犯大王向來之誡。世人能行好心，必受善報。其陰司誅責惡心人頗甚。」

紹在王判官廳中，停止三日，旦暮嚴，打警鼓數百面，唯不吹角而已。紹問判官曰：「冥司諸事，一切盡似人間，惟空鼓而無角，不知何謂？」

判官曰：「夫角聲者，象龍吟也。龍者，金精也。金精者，陽之精也。陰府者，至陰之司。所以至陰之所，不欲聞至陽之聲。」

紹又問判官曰：「聞陰司有地獄，不知何在？」

判官曰：「地獄名目不少，去此不遠，罪人隨業輕重而入之。」

又問：「此處城池人物，何盛如是？」

判官曰：「此王城也，何得怪盛。」

紹又問：「王城之人如海，豈得俱無罪乎？而不入地獄耶？」

判官曰：「得處王城者，是業輕之人，不合入地獄。候有生關，則隨分高下，各得受生。」

又康州流人宋州院官田洪評事，流到州二年，與紹鄰居，紹洪複累世通舊，情愛頗洽。紹發康州之日，評事猶甚康寧。去後半月，染疾而卒。紹未迴，都不知之。及追到冥司，已見田生在彼，田崔相見，彼此涕泣。

田謂紹曰：「洪別公後來，未經旬日，身已謝世矣。不知公何事，忽然到此？」

紹曰：「被大王追勘少事，事亦尋了，即得放迴。」

洪曰：「有少情事，切敢奉託，洪本無子，養外孫鄭氏之子為兒，已喚致得。年六十，方自有一子。今被冥司責以奪他人之嗣，以異姓承家。既自有子，又不令外孫歸本族，見為此事，被勘劾頗甚。令公卻迴，望為洪百計致一書，與洪兒子，速令鄭氏子歸本宗。又與洪傳語康州賈使君，洪垂盡之年，竄逐遠地，主人情厚，每事相依。及身歿之後，又發遣小兒北歸，使道體歸葬本土，眷屬免滯荒陬。雖仁者用心，固合如是，在洪淺劣，何以當之？但荷恩於重泉，恨無力報。」言訖，二人慟哭而別。

居三日，王判官曰：「歸可矣，不可久處於此。」一字天王與紹欲迴，大王出送。天王行李頗盛，道引騎從，闐塞街衢。天王乘一小山自行，大王處分，與紹馬騎。盡諸城門，大王下馬，拜別大王。天王坐山不下，然從紹相別，紹跪拜，大王亦還拜訖。大王便迴，紹與天王自歸。

行至半路，見四人，皆人身而魚首，著慘綠衫，把笏，衫上微有血污，臨一峻坑立。泣拜諸紹曰：「性命危急，欲墮此坑，非公不能相活。」

紹曰：「僕何力以救公？」

四人曰：「公但許諾則得。」

紹曰：「灼然得。」

四人拜謝。又云：「性命已蒙君放訖，更欲啓難發之口，有無厭之求，公莫怪否？」

紹曰：「但力及者，盡力而應之。」

曰：「四人共就公乞一部金光明經，則得度脫罪身矣，紹復許。」言畢，四人皆不見。

卻迴至雷州客館，見本身偃臥於牀，以被蒙覆手足。天王曰：「此則公身也，但涂涂入之，莫懼。」如天王言，入本身便活，及蘇。問家人輩，死已七日矣。唯心及口鼻微暖。蘇後一日許。猶依稀見天王在眼前，又見階前有一木盆，盆中以水養四鯉魚，紹問：「此是何魚？」

家人曰：「本買充膳，以郎君疾殛，不及修理。」

紹曰：「得非臨坑四人乎？」遂命投之於陂池中，兼發願與寫金光明經一部。

校志

一、本文據《太平廣記》卷三百八十五校錄，予以分段，並加註標點符號。

二、《太平廣記》原註云：「出《玄怪錄》」。《說郛》卷四引作「出《河東記》。」

三、河東記一書，三十四篇之中，本篇最長。究屬《玄怪錄》抑《河東記》，迄無的論。我們姑將此文抄錄於此，且待方家。

三十、龔播

龔播者，峽中雲安監鹽賈❶也。其初甚窮，以販鬻蔬果❷自業，結草廬於江邊居之。忽遇風雨之夕，天地陰黑。見江南有炬火，復聞人呼船求濟急❸，時已夜深，人皆息矣。播即獨棹小艇，涉風而濟之。至則執炬者撲地❹，視之，即金人也，長四尺餘。播即載之以歸，於是遂富，經營販鬻，動獲厚利。不十餘年間，積財巨萬，竟為三蜀大賈。

校志

一、本文據《太平廣記》卷四百一校錄，予以分段，並加註標點符號。

二、本文甚短，類於志怪，不類傳奇。然《河東記》作者好以最簡短文字。記奇異之事。也不足為怪。只是四尺金人，其重千斤，龔某何能搬運至船上，小船又何能載得起，都是疑問

——小說家之言，不能詳究！

註釋

❶鹽賈——鹽商。

❷販鬻蔬果——販賣蔬菜水果。

❸呼船求濟急——濟、渡河。叫船急求渡河。

❹執炬者撲地——拿著火把的人撲倒在地上。

三十一、申屠澄

申屠澄者，貞元❶九年，自布衣調補濮州❷什邡尉。之官，至眞符縣東十里許遇風雪大寒，馬不能進。路旁茅舍中有煙火甚溫煦❸，澄往就之。有老父嫗及處女環火而坐，其女年方十四五，雖蓬髮垢衣，而雪膚花臉，舉止妍媚❹。

父嫗見澄來，遽起曰：「客衝雪寒甚，請前就火。」

澄坐良久，天色已晚，風雪不止，澄曰：「西去縣尚遠，請宿於此。」

父嫗曰：「苟不以蓬室為陋，敢不承命。」

澄遂解鞍施衾幬焉。其女見客，更修容靚飾❺，自帷箔間復出，而閑麗之態，尤倍昔時。

有頃，嫗自外挈酒壺，至於火前煖飲。謂澄曰：「以君冒寒，且進數杯，以禦凝冽❻。」

（澄）因揖讓曰：「始自主人翁，即巡行，澄當婪尾❼。」澄因曰：「座上尚欠小娘子。」

父嫗皆笑曰：「田舍家所育，豈可備賓主？」

女子即回眸斜睨曰：「酒豈足貴，謂人不宜預飲也。」母即牽裙使坐於側。

澄始欲探其所能，乃舉令以觀其意。澄執盞曰：「請徵書語意屬目前事。」澄曰：「厭厭夜飲，不醉無歸❽。」女低鬟微笑曰：「天色如此，歸亦何往哉？」俄然巡至女，女復令曰：「風雨如晦，雞鳴不已。」

澄愕然歎曰：「小娘子明慧若此，某幸未婚，敢請自媒如何？」翁曰：「某雖寒賤，亦嘗嬌保之。頗有過客，以金帛為問，某先不忍別，未許，不期貴客又欲援拾，豈敢惜。即以為託。」

澄遂修子壻之禮，祛囊之遺之，嫗悉無所取，曰：「但不棄寒賤，焉事資貨？」明日又謂澄曰：「此孤遠無鄰，又復湫溢，不足以久留。女既事君，便可行矣。」又一日，咨嗟而別，澄乃以所乘馬載之而行。

既至官，俸祿甚薄，妻力以成其家，交結賓客，旬日之內，大獲名譽，而夫妻情義益浹。其於厚親族，撫甥姪，洎僮僕廝養，無不歡心。後秩滿將歸，已生一男一女，亦甚明慧。澄尤加敬焉。

（澄）常作贈內詩一篇曰：

一官慚梅福，三年愧孟光。此情何所喻，川上有鴛鴦。

其妻終日唫諷，似默有和者，然未嘗出口。每謂澄曰：「為婦之道，不可不知書。倘更作詩，反似嫗妾耳。」澄罷官，即罄室歸秦，過利州，至嘉江畔，臨泉藉草憩息。

其妻忽悵然謂澄曰：「前者見贈一篇，尋即有和。初不擬奉示，今遇此景物，不能終默之。」乃吟曰：「琴瑟情雖重，山林志自深。常憂時節變，辜負百年心。」

吟罷，潸然良久，若有慕焉。

澄曰：「詩則麗矣，然山林非弱質所思，倘憶賢尊，今則至矣，何用悲泣乎？人生因緣業相之事，皆由前定。」

後二十餘日，後至妻家，草舍依然，但不復有人矣。澄與其妻即止其舍，妻思慕之深，盡日涕泣。於壁角故衣之下，見一虎皮，塵埃積滿。妻見之，忽大笑曰：「不知此物尚在耶！」披之，即變為虎，哮吼拏攫，突門而去。澄驚走避之，攜二子尋其路，望林大哭。數日竟不知所之。

校志

一、本文據《太平廣記》卷四百二十九與商務《舊小說》第七集《河東記》部分校錄，予以分段，並加註標點符號。

二、本文與《傳奇》中之〈孫恪〉頗相似。申屠妻披上虎皮，化為虎而走。孫恪妻袁氏裂衣，恢復白猿形狀攀山越林而去。但《傳奇》中之文字，曲折離奇，似較勝一籌。

三、本文所說「濮州」在山東。四川有個「什邡縣」。「什邡」不知何處。濮州、《唐書》卷三十八〈地理志〉，轄鄄城、濮陽、范、雷城與臨濮五縣。無「什邡」！

註釋

❶貞元——唐德宗年號，共二十年。自西元七八五至八〇四年。九年，即西元七九三年。

❷濮州——今山東濮縣。

❸溫煦——煦、音許。和暖。溫煦、溫暖。

❹舉止妍媚——舉動很美、很動人。

❺修容靚餙——整修面容，漂漂亮的裝餙了一番。

❻以禦凝冽——以抵抗寒冷。

❼婪尾——酒巡匝到末座者，連飲三杯。為婪尾酒。婪尾，有「敬陪末座」的意思。

❽厭厭夜飲——厭厭、安也。久也。《詩經、小雅、湛露》：「厭厭夜飲，不醉無歸。」

三十二、盧從事

嶺南從事盧傳素❶寓居江陵❷。

元和中，常有人遺一黑駒❸，初甚蹇劣❹，傳素豢養❺歷三五年，稍益肥駿。傳素未從事時，家貧薄，矻矻❻乘之，甚勞苦，然未常有銜橜之失❼。傳素頗愛之。

一旦，傳素因省其槽櫪❽，偶戲之曰：「馬子得健否？」

黑駒忽人語曰：「丈人萬福。」

傳素驚怖卻走。

黑駒又曰：「阿馬雖畜生身，有故須曉言，非是變怪，乞丈人少留。」

傳素曰：「爾畜生也，忽人語，必有冤抑之事，可盡言也。」

黑駒復曰：「阿馬是丈人親表甥，常州無錫縣賀蘭坊玄小家通兒者也。丈人不省貞元❾十二年，使通兒往海陵❿賣一別墅，得錢二百貫。時通兒年少無行，被朋友相引狹邪⓫處，破用此錢略盡。此時丈人在遠，無奈通兒何。其年通兒病死，冥間了了，為丈人徵債甚急，平等王⑫謂通兒曰：『爾須見世償他錢，若復作人身待長大則不及矣。當須暫作畜生身，十數年間，方可償也。』通兒遂被驅出畜生道，不覺在江陵群馬中，即阿馬今身是也。阿馬在丈人槽櫪，于茲五六年，其心省然。常與丈人償債，所以竭盡駑蹇⑬，不敢居有過之地，亦知丈人憐愛至厚。阿馬非無戀主之心，然記備五年馬畜生之壽已盡。後五日，當發黑汗而死，請丈人速將阿馬貨賣。明日午時，丈人自乘阿馬出東棚門，至市西北角赤板門邊，當有一胡軍將，問丈人買此馬者。丈人但索十萬，其人必酬七十千，便可速就之。」言事訖，又曰：「兼有一篇留別丈人。」乃驤首朗吟曰：「既食丈人粟，又飽丈人芻。今日相償了，永離三惡途⑭。」遂奮迅數遍，嘶鳴齕草如初。傳素更與之言，終不復語。

其所言表甥姓字，盜用錢數年月，一無所差，傳素深感其事。明日試乘至市角，果有胡將軍懇求市，傳素潛驗之。因賤其估六十緡。軍將曰：「郎君此馬直七十千已上，請以七十千市之。亦不以試水草也。」傳素載其緡歸。四日，復過其家，見胡軍將，曰：「嘻！七十緡夜來飽發黑汗斃矣。」

校志

一、本文據《廣記》卷四百三十六暨商務《舊小說》第七集《河東記》校錄，予以分段，並加註標點符號。

註釋

❶嶺南從事盧傳素——唐嶺南道，治在番禺，即廣州。從事是由州辟（任命）的小官。

❷江陵——今湖北江陵。

❸元和——唐憲宗年號，共十五年，自西元八〇六至八二〇年。

❸常有人遺一黑駒——嘗有人遺贈給他一匹黑色的馬。常、嘗通。

❹初甚蹇劣——開頭甚為差勁。

❺豢養——豢、音患。以穀飼養豕（豬）。豢養、飼養牲畜。

❻矻矻——勞極貌。音窟。

❼銜橜之失——謂「車馬奔馳、有傾覆之虞」為「銜橜之變。」

❽省其槽櫪——察看他養馬的地方。

❾貞元十二年——貞元、唐德宗年號。共二十年。自西元七八五至八〇四年。十二年為西元七九六年。

❿海陵——在今江蘇泰縣。

⓫狹邪——一作狹斜。原謂「狹路曲巷」，後衍變成「妓女所居之地」。

⓬平等王——世稱十殿閻王中之一王。

⓭竭盡駑蹇——盡力。諸葛亮〈出師表〉：「庶竭駑鈍」。「「竭盡棉薄」之意。

⓮三惡途——三惡道。佛家語。謂地獄道、餓鬼道。畜生道。

三十三、李知微

李知微，曠達士❶也。嘉遯❷自高，博通書史，至於古今成敗，無不通曉。常以家貧夜遊，過文成宮下。初月微明，見數十小人，皆長數寸，衣服車乘，導從呵喝，如有位者。聚立於古槐之下。知微側立屏氣，伺其所為。

東復有圮垣數雉❸，旁通一穴。中有紫衣一人，冠帶甚嚴，擁侍十餘輩悉稍長。諸小人方理事之狀，須臾，小人皆趨入穴中。有一人白長者曰：「某當為西閣舍人。」一人曰：「某當為殿前錄事。」一人曰：「某當為司文府史。」一人曰：「某當為南宮書佐。」一人曰：「某當為馳道都尉。」一人曰：「某當為司城主簿。」一人曰：「某當為遊仙使者。」一人曰：「某當為東垣執戟。」如是各有所責，而不能盡記。喜者、憤者、若有所恃者、似有果求者，唱呼激切，皆請所欲。長者立盼視，不復有詞，有似唯領而已。食頃，諸小人各率部位，呼呵引從，入於古槐之下。

俄有一老父顏狀枯瘦，杖策自東而來，謂紫衣曰：「大為諸子所擾也。」紫衣笑而不言。

老父亦笑曰：「其可言耶？」言訖，相引入穴而去。明日知微掘古槐而求，唯有群鼠百數，奔走四散。紫衣與老父，不知何物也。

校志

一、本文據《廣記》卷四百四十與商務《舊小說》第七集《河東記》校錄，予以分段，並加註標點符號。

二、此文略似〈南極太守傳〉，惟情節敘述皆有不如。

註釋

❶曠達士——字適其志，不拘牽於俗務俗見，是謂曠達。

❷嘉遯——謂合於正道之頓隱。《三國志、魏志、管寧傳》「匿景藏光，嘉遯養浩。」

❸埦垣數雉——埦垣、已毀之垣（牆）。《詩、衛風、氓》「乘彼埦垣」或謂「埦垣」為「高墻」。「登上高高的牆頭。」雉、長三丈、高一丈的城牆，叫一雉。古文〈鄭伯克段于鄢〉「都城過百雉，國之害也。」

三十四、李自良

唐李自良少在兩河間，落拓不事生業。好鷹鳥，常竭囊貨為韝紲❶之用。馬燧❷之鎮太原也，募以能鷹犬從禽者❸，自良即詣軍門自上陳。自良質狀驍健，燧一見悅之，置於左右。每呼鷹逐獸，未嘗不愜心快意焉。數年之間，累職至牙門大將。

因從禽，縱鷹逐一狐。狐挺入古壙中❹，鷹相隨之，自良即下馬，乘勢跳入壙中。深三丈許，其間朗明如燭，見塼塌上有壞棺，復有一道士長尺餘，執兩紙文書立於棺上。自良因掣得文書❺，不復有他物矣，遂臂鷹而出。

道士隨呼曰：「幸留文書，當有厚報。」自良不應，乃視之，其字皆古篆，人莫之識。

明旦有一道士，儀狀風雅，詣自良。

自良曰：「仙師何所？」

道士曰：「某非世人，以將軍昨日逼奪天符也，此非將軍所宜有。若見還，必有重報。」

自良固不與。

道士因屛左右曰：「將軍裨將耳，某能三年內致本軍政，無乃極所願乎？」

自艮曰：「誠如此願，亦未可信，如何？」

道士即趍然奮身，上騰空中。俄有仙人絳節，玉童白鶴，徘徊空際，以迎接之。須臾復下，謂自艮曰：「可不見乎？此豈是妄言者耶？」

自艮遂再拜，持文書歸之。

道士喜曰：「將軍果有福祚。後年九月內，當如約矣。」

於時貞元二年也。至四年秋，馬燧入覲。太原耆舊有功大將，官秩崇高者，十餘人從焉，自艮職最卑。上問：「太原北門重鎮，誰可代卿者？」燧昏然不省，唯記自艮名氏，乃奏曰：「李自艮可。」

上曰：「太原將校當有耆舊功勳者，自艮後輩，素所未聞，卿更思量。」燧倉卒不知所對。又曰：「以臣所見，非自艮莫可。」如是者再三，上亦未之許。燧出見諸將，愧汗浹背。私誓其心，後必薦其年德最高者。

明日復問：「竟誰可代卿？」燧依前昏迷，唯記舉自艮。上曰：「當俟議定於宰相耳。」他日宰相入對，上問馬燧之將孰賢。宰相愕然，不能知其餘，亦皆以自艮對之。乃拜工部尚書太原節度使也。

校志

一、本文據《太平廣記》卷四百五十三與商務《舊小說》第七集《河東記》校錄，予以分段，並加註標點符號。

二、李自良，兗州泗水人。安史亂初起，他從兗鄆節度使能元皓，以戰功，累授右衛率。從袁傪討袁晁，積功至試殿中監。事浙東薛兼訓節度府。兼訓徙太原，又為牙將。鮑防代總節度事，會回紇入寇，防遣大將焦伯瑜等迎擊。自良認為「寇遠」來勁銳，莫與爭鋒，請築二壘搤其歸路，堅壁不出。待其師老而墮，一擊可敗之。」防不聽，伯瑜果大敗。自良由是知名。馬燧代防，表為軍侯。自良勤奮有謀，燧倚信之。他從燧討田悅，攻李懷光，屨鋒陷陣，功在諸將之上。貞元三年，燧歸朝，德宗乃以自良代。自良以事燧久，不敢當。乃授右龍武大將軍。自良入朝謝恩，帝終認河東近胡，以自民「進退有禮，守北門無有過之者。」授檢校工部尚書充河東節度使。居汾九年，舉不愆法，民不知有軍，上下諧附。甚得民心。卒於官。贈尚書左僕射。（參閱《新唐書》卷一百五十九本傳。）

由正史所載，知本文有過激之處。不知作者和李自良有何牽扯而撰此文！但，我們應以正史為「正」。

註釋

❶竭囊貨為韝紲——把所有的錢財都拿來買讓老鷹可立在手臂上的臂韝，和獵鳥用品。
❷馬燧——唐代名將，兩唐書均有傳。
❸從禽——田獵追逐禽獸曰從禽。
❹梃入古壙中——狐直跑進一股墓中。
❺掣得文書——取得文書。

秀威經典　語言文學類　PG2113　新視野55

教你讀唐代傳奇
——甘澤謠、河東記

作　　者／劉　瑛
責任編輯／杜國維
圖文排版／楊家齊
封面設計／王嵩賀

出版策劃／秀威經典
發 行 人／宋政坤
法律顧問／毛國樑　律師
印製發行／秀威資訊科技股份有限公司
114台北市內湖區瑞光路76巷65號1樓
電話：+886-2-2796-3638　傳真：+886-2-2796-1377
http://www.showwe.com.tw
劃撥帳號／19563868　戶名：秀威資訊科技股份有限公司
讀者服務信箱：service@showwe.com.tw
展售門市／國家書店（松江門市）
104台北市中山區松江路209號1樓
電話：+886-2-2518-0207　傳真：+886-2-2518-0778
網路訂購／秀威網路書店：https://store.showwe.tw
國家網路書店：https://www.govbooks.com.tw

2019年5月　BOD一版
定價：250元

國家圖書館出版品預行編目

教你讀唐代傳奇：甘澤謠、河東記 / 劉瑛著. --
一版. -- 臺北市：秀威經典, 2019.05
面； 公分. -- (語言文學類；PG2113)(新視野；55)
BOD版
ISBN 978-986-97053-5-6(平裝)

857.241 108004780

讀者回函卡

感謝您購買本書，為提升服務品質，請填妥以下資料，將讀者回函卡直接寄回或傳真本公司，收到您的寶貴意見後，我們會收藏記錄及檢討，謝謝！如您需要了解本公司最新出版書目、購書優惠或企劃活動，歡迎您上網查詢或下載相關資料：http:// www.showwe.com.tw

您購買的書名：________________________________

出生日期：________年________月________日

學歷：□高中（含）以下　□大專　□研究所（含）以上

職業：□製造業　□金融業　□資訊業　□軍警　□傳播業　□自由業

□服務業　□公務員　□教職　□學生　□家管　□其它_____

購書地點：□網路書店　□實體書店　□書展　□郵購　□贈閱　□其他

您從何得知本書的消息？

□網路書店　□實體書店　□網路搜尋　□電子報　□書訊　□雜誌

□傳播媒體　□親友推薦　□網站推薦　□部落格　□其他__________

您對本書的評價：（請填代號　1.非常滿意　2.滿意　3.尚可　4.再改進）

封面設計____　版面編排____　內容____　文／譯筆____　價格____

讀完書後您覺得：

□很有收穫　□有收穫　□收穫不多　□沒收穫

對我們的建議：________________________________

____

____

____

請貼
郵票

11466
台北市内湖區瑞光路 76 巷 65 號 1 樓

秀威資訊科技股份有限公司 收

BOD 數位出版事業部

....

（請沿線對折寄回，謝謝！）

姓　名：____________________ 年齡：________ 性別：□女　□男

郵遞區號：□□□□□

地　址：____

聯絡電話：(日) ____________________ (夜) ____________________

E-mail：____